WENNUAN DE QINGTONG

宁夏主题出版重点出版物扶持项目

温暖的青铜

薛青峰————

著

黄河出版传媒集团
阳光出版社

图书在版编目（CIP）数据

温暖的青铜/薛青峰著. -- 银川：阳光出版社，
2023.12
ISBN 978-7-5525-7193-6

Ⅰ.①温… Ⅱ.①薛… Ⅲ.①散文集－中国－当代
Ⅳ.①I267

中国国家版本馆CIP数据核字(2024)第020510号

温暖的青铜

薛青峰 著

责任编辑 金小燕
封面设计 晨 皓
责任印制 岳建宁

黄河出版传媒集团
阳光出版社 出版发行

出 版 人 薛文斌
地 址 宁夏银川市北京东路139号出版大厦 （750001）
网 址 http://www.ygchbs.com
网上书店 http://shop129132959.taobao.com
电子信箱 yangguangchubanshe@163.com
邮购电话 0951-5047283
经 销 全国新华书店
印刷装订 宁夏凤鸣彩印广告有限公司
印刷委托书号 （宁）0028373

开 本 710 mm×1000 mm 1/16
印 张 13.5
字 数 180千字
版 次 2023年12月第1版
印 次 2023年12月第1次印刷
书 号 ISBN 978-7-5525-7193-6
定 价 45.00元

散文深度的可能

—— 读薛青峰《温暖的青铜》想到的

赵炳鑫

　　薛青峰执着于散文创作已经有些年头了，他应该说是宁夏老作家里的新面孔。之所以说他是老作家，盖因他的散文创作长达三十多年，是那种对文学、对读书，一直心存敬畏、虔诚向往的老实人。他志业于教书育人，而寄情怀于抒写性灵的散文，从读书、教书、卖书到写书，不能说"焚膏油以继晷，恒兀兀以穷年"吧，也是默默坚守，心无旁骛，从未间断。但为什么要说他是新面孔呢？盖因他的散文一直都在做着最艰难的精神突围，每每有出彩的地方，让人侧目——这也是这个时代作家们最难做到的。

　　我们完全可以想象一下文本之外的那个薛青峰，戴一副金丝边近视眼镜，有些谢顶，背微驼，低头走路，话不多，稍显木讷……总之有点不食人间烟火的样子。给我的感觉，文本之外的老薛是有些不真实的。如果不联系他写下的文字，你有些无法靠近他。我能感觉到他努力与世间和解的样子，让自己变得更加自信，不那么恍惚，不那么匆匆，不那么无所适从，这也许就是他的格格不入吧——一种与世俗无法妥协的冲突。但透过文本看老薛，又是另外一个样子。在那里，我看到了他的自由，看到了他的任性，看到他解放了的样子。冲突也是有的，但他在努力地沟通与和解；不和谐也是有的，但他努力地自洽；不安全也是有的，但他能从自己的文字中寻找庇护；自我伤害也是有的，但他能够尽最大的努力慰藉和安抚。这一切，无不在他的写作中被自觉地提炼，被疗愈般地书写，形成一种有辨识度的、比较独特而稳定的审美人格。

现代散文的写作，已经与传统书写有着较大的不同了。古代文人的辞章背后，有一个稳定的客体存在，那是和谐的、稳定的、伦理的、自洽的，通俗地说，那是天人合一的。自体也是稳定的、确凿的，在人与文的关系上也是简单的、同一的。但现在的情况要复杂得多，客体的恒常性已经不复存在，社会的急遽转型和高科技的迅猛发展，让我们时时处在一种前所未有的变幻之中，"我是谁？"的问题，已经成为困扰每一个写作者最大的问题。在这里，不仅仅是一个事实认定的问题，还涉及"自我想象"和"自我建构"（李敬泽语）。这也是我要说的我们当下的创作其实出现了更大难度的原因。

详细说来，大概有两个方面。一方面，社会的剧变和转型带来前所未有的不确定性。虽然我们已经进入现代社会，但现代性机制的缺席仍然是一个不争的事实（这也是问题丛生的根源）。这样的事实带给我们的最大困扰是我们一直游离于事实之外，因为我们无法触及真相。作家是靠语言出使理想和意义的，语言最根本的属性是语言结构，而"语言结构是权势的藏身之所"（罗兰·巴特语）。在这样一个语言结构所标定的意义言说范式中，真正深入现实结构内部的呈现与表达几无可能。所导致的后果是我们的精神空间的萎缩和作家坚守精神高地的诚意在急遽下降，创作理想受到功利主义的严重侵害。另一方面，我们已经全面进入了一个现代与后现代并存的社会，理性的强大逻辑与后现代强大的解构能力互噬，传统语义的终极性信靠已经分崩离析，这是一个失去象征的世界，从事文学创作的象征性语言，伴随着对词与物的去象征化，语言的命名受到极大的挑战。"意义的缺失已经成为一种现代体验的苍白标志。"正如耿占春先生所言："时间体验中的瞬时性替代了永恒感，情感经验色情化，死亡经验中慰藉丧失，痛苦经验中的拯救维度消失，空间体验的同质化和自我主体空洞化。"作家是靠语言的命名来完成意义的书写的，当语言无法完成确定的能指时，创作只能表现为鸡零狗碎和不及物。这也是我们大多数作家所表现出来的创作的综合征。在这样的背景下，作家们如何自处？如果我们还是依靠过去的传统，在传统的理论视野下，倾向于回避现实复杂的矛盾和问题，那么，我们只好躲开"人"这个活生生的存在，去书写花花草草，这也是近年来大量"植物化"书写的潜在原因。我们都在热衷于写植物、写器物、写传统意义上已经失去的象征世界，在这样的文学中，创作的现代性主体是缺席的，他们仍然运转在过去人们熟悉的逻辑上，建构着自我娱乐、自我欣赏的封闭王国，与现实生活完全不搭界。

而薛青峰近年来的创作，时不时会让读者眼前一亮的原因，正在于他的散文是内省的，是与现实世界活生生的人相连接的，仅此一点，就能吸引读者。比如他前些年创作的一篇长散文《末代农民》，放在全国散文行列，也是难得一见的好作品。中国十四亿多人口，农民占比较大，在城市化浪潮和社会急剧转型的当下，他们的处境是值得书写的。至少在目前，我没有看到过还有这样深入、这样扎实的书写。

在他即将付梓的这本书中，主题涉及一个工业城市的转型，涉及社会变迁带给人的精神危机，涉及人与自己如何和解等诸多命题，都是我们这个时代人的普遍性精神危机和诉求。在他的笔下，"人"永远都是在场的，并且与时代的命运紧紧相连。比如他写石嘴山市的变迁，饱含深情，我能理解薛青峰的那种深情。记得当年读刘亮程的《一个人的村庄》，那种驴欢马叫、老狗脱毛的情景还历历在目，黄沙梁、野地里，鸟飞虫鸣，人畜共居的诗意乡村，是刘亮程的深情。但薛青峰笔下"一个人的石嘴山"，这种深情又是不一样的，是有痛感的。也许是那种资源型城市的命运使然，也许是我们所处的这个时代变化太快，触发老薛更多的是思古之幽情，而弥漫出更多的则是淡淡的伤怀。不论是《在石嘴子渡口遗址前》，还是《时间的绿洲》；不论是《钢铁年代》，还是《四矿农场到了》；不论是记述大武口的一家天津医院，还是对白芨沟的印象……应了老薛一篇散文的标题——"冰与火：一个时代的图景"。

在《四矿农场到了》一文中，薛青峰目睹了为争接一桶水而发生的一场"打架"事件。他写道："我目睹过无数次打架，大都忘记了，唯有这次打架打痛了我的心。今天，我写下这件事情，深深地领悟到人们不会把同情心给予破坏秩序的人，但是人身上的暴力之恶为什么突然之间就会爆发。我不能怨自己生不逢时。降生在这个时代，就是与这个时代的天地结缘。时间的灰尘可以拂去，但时代的烙印难以抹平。剩下的日子不需要倾诉，而需要倾听，倾听时间说什么。历史的性格有着自己独特的交织点，刚好走到这个时段，让那个年代的孩子嗅到了血腥味，听到了武斗的枪声，感到了生活的残忍。理性、饶恕、宽容、悲悯和人性教育统统失去了色彩。人死以后，大概羞辱感和尊严也就没有了。"这样的文字，触及的是我们日渐麻木的理性。不与过去连接，我们就无法理解现在的自己。那个时代的梦魇至今还没有消除。这里基本上没有诗意，也没有欣赏，有的是看见、回味、哀悼、反思、告别……当然还包括寻找。早年读东野圭吾的《白夜行》，知道人是半人半鬼的动物，所谓"一念天堂，一念地狱"。诚则斯言。

在《寻找心中的神》一文中，作者通过重读史铁生，对生命的本质进行反思和追问。人最高的存在是"神性的存在"。它是人从欲望囚徒困境中突围的唯一通道。这让我想到了西方的两位作家凯鲁亚克、贝克特。凯鲁亚克写过一部很有名的小说叫《在路上》，那是一个人的出走，但并不知道要走向哪里。其实，没有目标的奔赴是一件很绝望的事情。爱尔兰剧作家贝克特的《等待戈多》，则表达的是两个流浪汉苦苦等待的现实，预示着人生是一场无望的等待。什么也没有发生，谁也没有来，谁也没有去。如果凯鲁亚克作为"垮掉的一代"的旗手，为那一代人提供了一种精神探索的方式的话，那他的行走至少还具有积极的现实意义，而《等待戈多》却展示了人的精神处境——一种"无处安放"的焦虑。写作的意义是什么？从某种程度上来说，写作就是为了表现，而表现，就是为了探索一种"存在"的可能性。人的存在是一种意义的存在。而这个意义，是需要自己建构的。"在路上"的奔赴与"无处安放"的焦虑，都是在叩问我们的精神家园。这个需要史铁生式的思考，这个也需要如薛青峰式的"寻找心中的神"。

在这个集子中，还包括一些作者日常生活中的感悟所形成的片段，类似于罗兰·巴特《恋人絮语》那样的片段文本。这些虽然短小，但也很有趣味，引人深思。比如《2018年的一些事》就很好。《"我不要战争"》涉及宽容、悲悯、和平、忏悔这样的内在精神性命题，让读者在阅读中得到反思和提醒。

不论任何文体，在这个时代，我们的写作都是需要深度的。这里的深度，不但是精神价值上的，还是语言上的，特别需要警惕语言问题的复杂性。语言不是被驱使的工具，但你必须要去很好地把握它。语言结构有强大的逻辑，它有时会把你带到沟里，你如果把控不了语言，那你只能任其摆布，文学创作也就成了语言役使下的事情。

薛青峰的散文好，他在自觉地抵御语言的收编，在向现实结构的深层深入，在向"人的存在"的深度掘进，在自觉地"用语言来弄虚作假"，在自觉地向外投射他的认知，在自觉地接受内在冲突和挑战。挑战当然是好事，只有在挑战中，我们才能标定一个作家真正的价值，才能对写作的意义有一个清醒的认识。

赵炳鑫，中国作家协会会员，中国文艺评论家协会会员，宁夏政协文史专员。曾获人民文学评论金奖、宁夏第九届文艺一等奖。

目 录
CONTENTS

小城心扉

多好的想象啊，城市的心扉，实际上是写给耳顺之年的自己。

大武口，大武口，1969年父亲把我交给你，我就在你的注视下上小学，读中学，参加工作，人生的一切经历都没有离开你的注视，都和你有关。近60年来，生活在你的视线里。

常感慨应该为自己写写我的大武口。

结婚以后，我选择了贺兰山北部一个柔和的身段，安置下绿色的梦想，把一挂璀璨的化石项链挂在了北纬39°00′，东经106°18′的宽广的心扉上。于是，我站在你的肩头上看到一望无际的戈壁滩飘过了一片风帆，苍茫的底色多了一个湿润的点缀；我看到辽阔无边的天空掠过一队大雁，远方的亲人听到了我的歌唱，这是西部山川奔放的花儿，这是江南水乡浓郁的气韵。

一个外地朋友对我说："这座小城灵巧而优美，适合居住，给人一种舒适闲逸之感。"

多年来，我接待过许多外地朋友，不止一次听到他们说你的好处。适合居住意味着城市有特点，有吸引力。大都市有大都市雍容华丽之气象，小城市有小城市耐人寻味之魅力。如果说，城市是一部书，你的历史典籍太少，没有古迹可寻，但你是一部开发者的传记，用大自然清亮的色调、开阔的线条装帧这部书是恰到好处的。虽说在贺兰山北部发现了岩画，反映了原始先民游牧生活的痕迹，但那只是远古的呼唤，没有给这块土地留下丰厚的人文积淀。你原是一座边塞小镇，发展成为工业城市是近60年的事情，空间属于五湖四海，一番感慨，一声咏叹，都是故事。

置身其中，还从没有发现，仰望天空，蓝天如水洗一样；俯视通衢大道，像一幅精湛的市井生活工笔画；倾听流动的音乐，缥缈如天籁之音，悠远如童声合唱，激扬如大型交响乐。小城的芬芳扑面而来，是丁香的纤手，是槐花的心绪，是梧桐的容貌。登上贺兰山的山冈眺望我的城市：你在藕荷色的波浪中远航，一个尖塔冒出了云端，那是小城的桅杆，阳光之下，绿浪油亮翻卷，深沉而富有涵养，红色的楼顶则像无数小舢板在浅绿、淡绿、嫩绿、翠绿、墨绿变化的海面上荡漾。

我与你一起成长，一起思索，一起走到今天，我把我的命运、我的人生与这里联系在一起。

我的躯体是你的一个路标，我的灵魂是你的一方碧草。小城里有我的亲人，有我的朋友。我走出家门，抬腿就走到一个朋友家。小城啊，你知晓我的性情，你是我的知音。

这里是出煤的地方，我应该把"太阳城"的美誉送给我的城市；这里曾经寸草不生，是广袤的荒漠与一丝柳叶展开拉锯战的地方，我应该把"绿色之城"的桂冠送给我的城市；这里曾经人迹稀少，是江南软语浸润了这片土地，是关东汉子支撑了这片蓝天，我应该把"移民城市"的牌匾挂在我的城市的心扉上；父辈的愿望在步行街上漫游，兄弟姐妹的梦想在灯火阑珊处闪烁，我应该高呼：远航吧，我的小城，飞翔在朔方大地。人们不禁要问："朔方在哪？"《诗经·小雅·出车》云："天子命我，城彼朔方。"朔方者，北方寒冷之地也。朔方在蒙恬的视野里，在王昭君的车辙里，在岳飞"驾长车""笑谈渴饮匈奴血"的地方，在西夏开国皇帝李元昊称雄争霸的地方，在枸杞红了的地方。

朋友，来吧，来我的小城！

我做你的导游。处女地没有历史，被开垦了，就有了历史的内容。那悠长的土巷变成了花园小区，那地窖子小屋演绎成了欧洲风情的住宅。

贺兰山以巍峨的身躯挡住了来自腾格里沙漠的风沙，黄河以柔媚的姿态缠绕在小城的足下，调节着小城的气候。大自然的情绪在这里体现得格外分明。漫长的冬天让人难耐，风沙让人烦恼，而没有寒冷就不叫冬天。有人说，济南的冬天是慈祥的，我说，小城的冬天则是热情的。小城的冬天邀请你去欣赏白雪皑皑的银色世界，同时又发出一张火红的请柬，邀请你围炉而坐，饱尝塞北的涮羊肉，享受天伦之乐，畅谈友情之欢。

小城的春天总是姗姗来迟，但你侧耳细听，不知谁家的姑娘早已轻轻弹起了春天的琴键，经过冬天的漫长排练，春天的音符飘在纯净的天空，料峭的树梢上弥漫着开心的浅绿。"五一"刚过，夏天的事情就火急火燎紧逼门槛了，盼雨成为最急切的愿望，但是再火热的天气也不过一个月，晚上睡觉，夜深了不盖个薄被子，肚子就会着凉。爽朗的秋天来了，喜悦挂在了人们的脸上，雨水把一个夏天的闷热洗得干干净净，雨水不是江南的雨水。江南的雨水密而腻，浇湿的东西太多，失去了高远清明的心境。四季如春的昆明固然好，但感受不到季节的强烈交替，这不是很遗憾吗？

我宽胸膛的朔方大地

　　20世纪50年代末，父亲所在的部队从青海玉树换防甘南，部队家属居住临夏。家属院门前有一条河，叫大夏河。正当大夏河的故事在我心里越来越丰富的时候，父亲所在的野战军又要去驻守贺兰山。又要搬家了。我问父亲："宁夏在哪？"大概父亲觉得一时对一个刚启蒙的孩子说不清楚宁夏的地理位置，就搬来一个凳子，让我站上去面对墙上的中国地图，他用食指沿着一片淡粉色的图案画了一个圈，说："你看，这块像滩羊皮的地方就是宁夏。"接着，父亲就在地图上给我讲西北五省。那时，我心里只有搬家的新鲜感，哪里懂得父亲的话啊。就这样我们随军来到宁夏，成为宁夏的移民，宁夏成为我的第二故乡。那一年，我9岁。

　　已经搬到宁夏石嘴山了，我还沉浸在新鲜的懵懂中，摸不着实实在在的宁夏。随着对贺兰山的认识，我脑海里的宁夏越来越清晰，明白了滩羊皮是宁夏的五宝之一。

　　我像一棵移植的树，被父亲栽在宁夏的土地上。中学毕业后，我如麦种思春泥，走进农村插队，当地农民给了我宽厚忍让、勤俭劳作、朴实真诚的品行，以后不管我的工作环境怎样变化，我都想着一个人不懂稼穑，对生活就一知半解，就不会体味苦难，就没有同情心，就不明白土地与人的亲和力，就不理解大山与土地对人的影响。后来，我继承父业，穿上军装，这种认识更加深了。我看见过农民失去土地的痛苦，又看见过士兵复员时依依惜别的泪眼。这种感情是用血汗凝固而成的。在土地上刨食，在贺兰山深处打坑道，为我的人生增添了色彩。不理解农民，就不知土地，就不知生活之水有多深；不理解士兵，就不知山河，就不知男子汉的责任有多大。其实，贺兰山深处还有一个群体——矿工。我只是路过矿山，没有涉足矿山沸腾的生活，但我有几位矿工朋友，听他们谈矿山，能感觉那是什么样的生活及那种生活的况味。

我母亲随军20多年，一直在深山里转。父亲与大山有着不尽的情缘，也就奠定了我的宿命。母亲日夜盼望回故乡。1982年，父亲转业，母亲觉得愿望可以实现了，多次对父亲说要回老家。我知道，树高千尺，叶落归根，但作为第二代移民，我丝毫没有这样的怀想。

那时，我刚离开军营，在大武口新华书店找到自己热爱的工作。我对父亲说："你带我妈回西安吧，逢年过节我去看望你们。"父亲称赞道："不依赖大人，选择自己的路，说明你成熟了。"父亲又对母亲说："让孩子们留在宁夏，我们老两口叶落归根，回老家，你能放心？"母亲当然想让我们一家子都回老家，但她说服不了我，就不再坚持，决定和父亲回故乡。

过了一段时间，母亲又决定不回老家了。我知道，父母是放心不下我们兄妹，舍不得离开他们贡献了青春，再贡献子孙的土地。两个老人如果回老家，孤单寂寞，心还在宁夏，那是多么难受啊。那时，我妹妹已经出嫁，工作也在大武口。是我们兄妹为父母做了晚年的选择。最后，父亲把工作安排在大武口电厂。母亲的心愿虽然没有实现，但为了儿女，母亲什么都可以牺牲。这么多年来，宁夏以她旷野般的真情拥抱着我们，谁又能说宁夏不是我的故乡呢？

小时候，刚到宁夏，大武口是一片戈壁滩，只能见到很少的沙枣树。

后来，我母亲到绿化队当了一名临时工，在苗圃里培育树苗。从那天起，我们全家就属于这块土地了，和五湖四海来支援大西北建设的移民一起把自己活成这块土地上的一片绿意。1987 年，我成家了，妻子是宁夏平罗人。作为宁夏的女婿，我最大的变化就是爱吃宁夏的揪面片儿。妻子的揪面片是最地道的宁夏味，来我家做客的朋友无不交口称赞，捧着一海碗羊肉揪面，呼哧呼哧，吃得很香，吃得满头大汗。而妻子做的清炖羊肉更是纯正的宁夏美味。我热爱这块土地，是从舌尖上开始的。我热爱这块土地，回顾这块土地与自己生命的牵挂，留下一滴精血应该是对这块土地最好的反哺。女儿出生以后，父亲叫孙女"瓷核"，这真是一个意味深长的乳名。因为我的乳名就叫"瓷核"。

现在，女儿已经落户银川，结婚了，女婿也是宁夏人，宁夏永宁人。

记得女儿读小学三年级时，我买了一幅新版中国地图，女儿指着地图说："要到北京读大学，要到上海读大学。"我仿佛看到女儿张开理想的翅膀，翱翔在祖国的蓝天上。我想，女儿将是从宁夏飞出去的凤凰。

蓦然回首，50 多年了。此刻是 2021 年 2 月 6 日的夜晚，我在灯下记录自己的感受，而我的父母已经去世 20 年了，长眠在贺兰山脚下。父母的一生就像我这篇短文，到结尾时就有了句号。人一辈子找到真正的归宿其实很难。

如果给移民分类，我属于屯边移民的后代。父亲一步一步离我而去，渐渐隐入苍茫的贺兰山中。父亲的骨殖成为一块贺兰石，父亲的灵魂化为洁白的贺兰雪。接着，母亲的身影也渐渐隐入贺兰山的云烟里，把我交给宽厚而温暖的朔方大地。我的朔方大地啊，你可能是一个街巷，一条路，也可能是一抹远山，一泓碧水，更可能是少年的记忆，或者是……清明时节，我沿着这条街巷，沿着这条路，寻着这抹远山，掬起这汪清水，向父母报平安。百万大裁军以后，我去贺兰山深处的营房寻找军魂，想听那嘹亮的起床号声。营房已经拆除，号声没有响起，出操的队伍没有出现，但那一排排树，英姿勃勃，在接受日月的检阅。

"稍息，立正。"

这些树就是我吧。我就是这些树。我的朔方大地啊，我就把我的根须向你的纵深、向你的四周，延伸，延伸。

在石嘴子渡口遗址前

1

这是一个艳阳天。摄影家晁淑英先生约我去看黄河。她说："石嘴子渡口现在变化可大了，那里新修了一座彩虹桥，特漂亮……"

石嘴山因"山石突出如嘴"而得名。此名最早记载在1461年的雕版书籍《大明一统志》里。我在石嘴山生活了几十年，但并没有见过"突出如嘴"的真实模样。听景需要想象，看景需要闲暇。

石嘴子渡口正在整修重塑。岸边建的游览长廊像松木塔一样，与彩桥亲密地连接在一起。站在桥上，放眼黄河，仿佛能看见时间的来历。渡口入口处，美术工作者正在做煤炭主题浮雕墙。第一次看美术工作者做浮雕。这是一件艰辛的体力活儿。这面浮雕墙将再现昔日石嘴山煤炭工业发展的景象。急着去看石嘴山的"嘴"，并没有在美术工作者工作现场停留，但我明白艺术工作者呈现美，而把创造美的过程掩埋在岁月的深处。

匆匆下了阶梯，走到河边。真切地置身于著名的"嘴"下，才知道，何止一张嗷嗷待哺的嘴啊！千百年来黄河乳汁孕育着千万张嘴。千百年来，黄河水淘洗着贺兰山下的岩石，形成了"突出如嘴"的神奇形态。

水滴石穿，以柔克刚，在这里得到尽情展现。

大河奔流。不知何时河道悄悄向东移去，河水冲刷岩石的痕迹慢慢显露，依稀可见，那是历史的沧桑波浪。岩石下面形成一片河滩地，肥沃喜人，插根筷子都能发出新芽。沿岸居民就在这里种菜、种玉米、种向日葵、种南瓜，经营自己的美好田园。现在，这里统一种上了兰花和菊花。

晁淑英先生从不同的视角，把黄河平静如锦缎的面容，把老百姓追求幸福生活的笑脸都揽入自己的镜头。

2

在彩桥上，我巧遇寇士成先生。他是1958年前来支宁的天津青年，现已步入古稀之年。他喜爱地域文化，被称为石嘴山的"活字典"。记者正在采访他，也有游客站在旁边，听他讲述石嘴子渡口的过去。

听寇老讲古，听的是遥远的时间。

其实，人的生存就是对路的发现和探索。黄河是天然的交通航道。秦汉时期，石嘴子渡口就有船只往来停泊。千余年来，悠悠黄河在这里留下了水路的回忆。公元450年前后，北魏朝廷向塞北沃野（今内蒙古五原一带）运送军需给养，石嘴子渡口是必经之地。清代在这里设汉蒙贸易集市，每个月有三次物资交流会，这里是繁华的贸易码头渡口。可以想象，河面上百帆竞发，船行如梭，人头攒动的情景。民国时期，宁夏、内蒙古等地的羊毛在这里聚集打包运往天津，销售全国各地。还有外国商贾闻名来这里做羊毛生意，在黄河岸边设立十大洋行的故事。久远的石嘴山，有金羊毛的故事，也有黑色金子煤的故事。早在清代，石嘴山就有了煤炭开发的记载。黑金子都是通过石嘴子渡口运往各地的。

3

历史长河流到20世纪50年代，国家"一五"计划全面实施，国家确定贺兰山北部汝箕沟、石炭井等矿区为全国十大煤炭基地之一，从此，宁夏的煤炭工业拉开了序幕。那些年，石嘴子渡口商贾云集，热闹非凡，人声鼎沸。矿山建设的机械设备及物资经黄河水道，从兰州出发，在这里上岸。1956年11月15日，一只木筏被一块巨大的冰凌撞翻，木筏上装载着从国外进口的机器设备。起重工王清自告奋勇，下水拴绳，打捞设备的事迹载入史册。

现在，渡口遗址已经成为一个文化符号和人文标志。作为后辈，我对王清深怀敬意。我想，到此一游，应该让市民记住些什么。王清是煤城的英雄，如果我是雕塑家，我一定在这里给王清塑一座雕像。

新中国成立之前，石嘴山的交通以平罗城为中心，向境内辐射，多为驿站古道。石嘴山背山面河，西面有贺兰山阻隔，山沟是往来内蒙古的通道，东面的石嘴子渡口就是东西交通唯一的跳板。

看看路的修筑时间，我们就知道当年的石嘴子渡口有多么重要。

1958年8月，包兰铁路通车，石嘴山市境内有了铁路运输。

1987年10月，石嘴山黄河公路大桥竣工通车，结束了过河东，下河西，望河兴叹、苦苦等待的日子。

2009年年底，109和110两条国道穿越石嘴山境内。至此，石嘴山形成了"六纵五横"的富民路、兴市路的公路网布局。

随着铁路、公路交通网的密布，石嘴子渡口一天一天冷寂下来。帆船搁浅，倒扣，无声无息地消逝了。石嘴山跨入高速公路时代，"因煤而兴"的城市也成了历史的记忆，而奔流不息的大河向着未来，向着城市转型的绿色生态走去。

4

早已知晓"石嘴山煤炭筹建处"及煤炭开发的先行者孙昶的轶事，也耳闻许多次矿山安全事故，比如三矿的矿井掘进黄河古道，不幸发生了漏水。我默默地为死难者祈祷。

如果说孙昶是豪杰，王清是英雄，在历次矿难中遭遇不幸的矿工就是壮士。死难者用生命推动着矿山的建设，他们为煤炭事业而牺牲，我们应该为他们立碑，记住他们的名字。黄河是一面镜子，鉴照心灵，洗濯脚印。

黄河宁夏段全长 397 公里，经过石嘴山全境，由南向北流去，从麻黄沟出境进入内蒙古。宁夏，是黄河流经 9 个省区中唯一全境属于黄河流域的省份，这是宁夏的福祉。站在彩桥上看黄河，母亲河啊，您如此爱宁夏，如此爱石嘴山儿女！

黄河啊，您承古载今，向大海奔去，滔滔不绝……我曾经在中卫沙坡头看过黄河大转弯，进青铜峡峡谷。在黄河中漂流，感受黄河汹涌澎湃、一泻千里的气势，体验河水自由奔放、不受约束的性格，领悟"三十年河东，四十年河西"的人生。我短暂的生命能读懂您吗？

"母亲河"在石嘴山的锦缎腰身

——记石嘴山摄影三人民间护鹤队

天下黄河九十九道弯，流到宁夏中卫就来了一个大转弯，由南向北途经石嘴山市。

黄河流域的生态环境治理如何，人们还在思考的时候，鸟儿已经做出了回答。

鸟儿讲究生存环境的选择，尤其是珍稀飞禽，它们寻觅栖息地，最先感知黄河流域生态发生变化，比人类敏感得多。

近些年，大量灰鹤来到黄河流域石嘴山段河谷湿地，同时，天鹅来了，白鹭来了，黑鹳也来了，国家一级保护动物大鸨的芳容竟然也出现在这里……好生态留住了红嘴鸥，留住了许许多多的鸟儿，众鸟咸集，在这里的河滩、河谷、田野休养生息，寻觅吉祥。

黄河穿过黑山峡进入宁夏境内，水流安静、舒缓，泥沙在开阔平坦的土地沉淀，造就了两岸肥沃的黄河滩湿地，便利了宁夏平原的农田灌溉。自然天成，湖泊众多，物华天宝，"天下黄河富宁夏"，石嘴山市占尽了黄河恩赐的一切福祉和风光。黄河从平罗县陶乐镇入石嘴山市境内，至惠农区麻黄沟出境，进入内蒙古，滋润着两岸 2000 多平方公里的沃野。

近十年，宁夏着力打造黄河流域生态保护和高质量发展先行区，坚持推动生态文明建设，在黄河流经石嘴山段建设了平罗县天河湾黄河国家湿地公园和石嘴子黄河生态公园，以保护和恢复黄河湿地生态，取得显著成效，吸引众多鸟儿前来栖息或中转，水、鸟、林、草相得益彰。

举全社会之力保护"母亲河"，是在黄河边生活的人们义不容辞的责任，应尽的义务。在石嘴山市，有许多摄影人加入保护"母亲河"的志愿者行列，用镜头记录黄河生态保护的情景。他们热爱摄影，更是热爱飞翔的"追鸟人"，他们拍摄出一张张别开生面、生动感人的生命精灵的美丽图片，通过全国各大媒体和互联网平台，使天下人知道黄河在石嘴山市97公里的旅程有多么壮美。他们是黄河两岸天蓝、水净、生态好、环境美的保护者和见证者。

陈小组、岳昌鸿、芦有碳保护飞禽的摄影故事在坊间广为流传。2014年冬天，他们三人不谋而合，成立了一支民间护鹤队，自掏腰包承担起了宣传牌制作、饲料购买乃至每周的开车巡逻工作。"有一次大雪导致大量灰鹤觅食成了问题，我们就摸着黑冒着雪撒了几百斤玉米……"岳昌鸿回忆道。他们拍摄时，要格外谨慎地处理好野炊等事项，只为还灰鹤一个安稳的栖息地。多年来，随着一幅幅真实生动的照片和短视频发出，越来越多的人意识到了保护野生动物生存环境的重要性，也积极参与到民间护鹤队中来。

芦有碳：在黄河流域石嘴山段发现灰鹤的第一人

芦有碳是常年跟踪拍摄野生鸟类生态情况的摄影师，是在黄河流域石嘴山段发现灰鹤的第一人。多年来，他把情感、时间、精力还有资金投入自己的兴趣中去，成为与鹤心灵有约的摄影达人，像鸟儿一样自由飞翔。

近两年,迁徙的候鸟越来越多,在摄影师的镜头里千姿百态。除了灰鹤之外,在石嘴山黄河流域还有大量其他野生鸟类,比如国家一级保护动物白尾海雕、列入《国家重点保护野生动物名录》的黑鹳、国家一级保护动物大鸨、国家二级保护动物小天鹅及列入《世界自然保护联盟濒危物种红色名录》的豆雁、鸬鹚、赤麻鸭等。

芦有碳有三个身份。他经营着一家小微企业,大小是老板级的人物;担任石嘴山市摄影家协会主席,摄影兴趣成就了他的另一番人生;他还担任石嘴山市政协委员,经常把大地的事情和鸟儿的故事讲给身边的人,呼吁有关部门保护野生动物,在黄河流域石嘴山段建立灰鹤自然保护区。

芦有碳说:"鸟儿是天空中的精灵。"他常常携带"长枪短炮""潜伏"在芦苇丛里拍摄灰鹤,只为给人们留下丰富多彩的鸟儿生活的图片资料。第一次在黄河石嘴山段湿地观测到灰鹤,成为他摄影生涯最闪光的记忆。

"鹤鸣于九皋,声闻于野。"那是 2014 年年底,芦有碳与灰鹤邂逅了,那是一场美丽的邂逅。

那天天特别冷,他拍完天鹅,开车经过滨河大道惠农段,听到远处的鸟鸣特别动听。拍摄鸟儿已经有五六年了,他熟悉各种鸟鸣声,但从没有听过这种声音。"这是哪儿来的鸟?"他问自己。熄火停车,侧耳倾听,眺望远处的田地,有一群鸟儿,他拿望远镜仔细看:体长 100 厘米左右,修长的颈,修长的腿,灰色的羽毛,头顶一抹鲜红,眼后至颈侧有条白色纵带。啊,居然是灰鹤!惠农区来了贵客,有 100 多只。他为自己的发现激动不已,自言自语道:"老芦啊,这可是国家二级保护鸟类啊,你竟然与灰鹤这么神奇地相遇了!"

他顺着鸣叫声，慢慢弯腰走过去，即刻按下快门，灰鹤们红红的头顶十分抢眼，通身灰色羽毛。从这一天开始，他再没有停下来，一直跟踪观察、拍摄灰鹤到现在，每天往返200多公里。每时每刻，脑海中都是灰鹤飞翔的壮观景象。"我观察灰鹤抢食、歌唱、整理羽毛，灰鹤的每个动作都让人着迷，你会觉得数小时的等待是值得的。"芦有碳说道。

100多只神秘俊俏的灰鹤优雅地"出镜"了，灰鹤图片在各大媒体刊登，石嘴山发现灰鹤的喜讯不胫而走。这意味着这块土地的生态环境在发生着翻天覆地的变化。鸟儿选择在石嘴山栖息越冬，而且越冬集群逐年壮大，无疑是对黄河石嘴山段生态环境保护工作的充分肯定。

芦有碳惊喜地发现：在石嘴山市惠农段方圆50公里的河滩上，灰鹤集群数量在逐年上升，已经从2014年的百余只，增加到如今的5000只左右，这个数字占全国越冬灰鹤种群总数的一半。

芦有碳的心被灰鹤俘虏了，他把这个发现告诉了岳昌鸿、陈小组，他们兴奋地商议要为灰鹤做些事情。

永久保护这些美丽的精灵。芦有碳与宁夏爱鸟协会的志愿者相约一起考察黄河湿地。他们多方组织准备资料，向相关部门呈送资料、提交环保议案，为灰鹤自然保护区的建立建言献策，作出了积极的贡献。如今，灰鹤自然保护区在黄河流域石嘴山段已经建立，越来越多的人参与进来保护灰鹤，为生态旅游带来可观的经济效益。

他们积极宣传，扩大爱鸟、护鸟志愿者服务队伍。他们每个人拍摄的上万张鸟类生灵就是鲜活的生态环境公益广告。2021年1月28日，宁夏石嘴山市惠农区礼和乡银河村爱鸟、护鸟志愿服务队成立，这支服务队由30名党员和一些村民组成。芦有碳是"资深顾问"，他接过聘书，眼含泪花。这个聘书是社会对他多年来跟踪拍摄灰鹤的认可。2020年年底，银河村党支部将收割芦苇收入的30万元，用于银河湾万亩黄河湿地生态保护、买鸟食、修建防火通道，更好地保护野生鸟类，这也是他这个"资深顾问""顾问"出来的对黄河湿地保护的最高的投入。如今，芦有碳已经是银河村的荣誉村民了。银河村的人们改变了过去在河滩边"靠河吃饭"的传统生活观念，以银河湾"退耕还鸟"为抓手，转向生态旅游、绿色经济的新农村发展之路。

芦有碳拍摄黄河野生动物已有十多个年头了，他从一个单纯的摄影爱好者转变成一个生态保护者。他用相机记录了鹤群的迁徙繁衍、发展壮大，也记录了石嘴山的生态变迁、美丽蜕变。芦有碳和他的朋友们用镜头书写着黄河流域生态保护的春天。读者从他拍摄的一张张场景恢宏的照片上，看到"母亲河"的美丽。

岳昌鸿：与鹤结伴，心在飞翔，一尘不染

岳昌鸿说："我想我的前世也许就是一只鹤。"

"冬有灰鹤夏有鹭，平罗胜景几多处"，这是岳昌鸿礼赞黄河平罗河谷的诗句。

其实，岳昌鸿成为"追鸟人"摄影家是近10年的事。他是著名诗人，担任平罗县文联主席。摄影是他的业余爱好，成就了他成为黄河生态的专业摄影师。他早期以拍摄静态自然风光为主，后来拍摄飞鸟。静态与动态的拍摄转换不仅是摄影技巧的转换，也是摄影人心灵的转换，传达给读者的美感信息都发生了变化。多年的诗歌创作积淀，使岳昌鸿有着别致的观察事物的眼光，温厚的文学素养，独特的文化视野，镜头内外充溢着诗意。他给自己拍摄的图片配的文字，都是一首首优美的诗歌，诗句有张力，画面有动感，特别吸引人眼球，给人以强烈的心灵震撼。人一辈子要干一件有意义的大事，岳昌鸿拍摄飞禽，用镜头摄取家乡的

生态变化。2022年8月23日，《中国日报》报道岳昌鸿拍摄了超过50万张，包括160种鸟类的照片，为宁夏石嘴山的生物多样性提供了宝贵的记录。

常年拍摄黄河两岸滩地飞禽迁徙与栖息，岳昌鸿选择了这个重大的人生主题，就是选择了吃苦，选择了风雨、秋霜、日晒、寒冷，选择了落霞与晨曦，选择了岁月深处的一切艰辛。这与飞禽随节气变化，不远万里翱翔蓝天，往来于天南地北，选择栖息地是一样的，这就是他所言"我想我的前世也许就是一只鹤"的深意。多年来，岳昌鸿与飞鸟结伴，"家"已经搬到黄河平罗河谷了，他的生活常态就是坚守在芦苇丛中观察鸟的生活习性，听鸟语，听各种鸟类不同的语言，求爱、觅食、散步、嬉戏……妻子在他的熏陶下，也成为爱鸟人，常年陪伴他奔波在黄河两岸，照顾他的生活。这对摄影艺术爱好者伉俪的故事在摄影界传为佳话。

2022年11月8日，岳昌鸿隐隐感觉到河谷里有一种力量和未知的神秘在等着他。他早早地抵达平罗河谷。他在生态散文随笔《河谷之恋》里叙述了当时的心境："这时鸿雁过境，鸿雁、豆雁占据整个河谷，河滩众生，苍鹭伫立，一动不动，我无力回答，苍鹭弯曲的颈部的那个问号，白鹤亮翅，带走了光；一鹤冲天，驶入渺茫，大鸨驾到，白草律动，风声中有过往，众生平等对望，夕阳带走河谷里所有的金黄，抛下我独自回乡。"

那一天，他终于等来了黄河神鸟大鸨。他兴奋地赞美"大鸨王者般驾到"。为了拍摄大鸨，他驱车120多公里，和妻子走了6里多沼泽地，秋风吹压着芦苇荡，拍摄仅仅用了12秒。就是这12秒，他成功拍摄到了大鸨的神态。回家在电脑前，他欣赏着放大了的大鸨图片，如获宝藏。这一时刻，一天的疲劳辛苦都让收获和喜悦冲走了。

多年来，岳昌鸿行程18万公里，用镜头记录黄河生态变化，他与鸟儿有着神秘的情缘。他行走在宁夏、青海、四川、西藏等地，把不同地域河段、不同气候条件下的各种鸟类的生活习性都收集在取景框里，把各类鸟儿飞翔的美丽身姿都定格为永恒的瞬间。岳昌鸿溯源黄河，上了青藏高原，走进巴颜喀拉山，站在三江源头岸边沉思，彻悟一个摄影人保护"母亲河"的深远意义。他每年都能按时完成中国野生动物保护协会委托的调查灰鹤的艰辛任务，并成功组织石嘴山市摄影爱好者参加全国灰鹤同步调查行动，为中国野生动物保护协会提供第一手图片资料。

岳昌鸿是石嘴山市政协委员，十几年来，他和芦有碳不断在政协会上提出黄河生态保护提案，在黄河流域石嘴山段（惠农区礼和乡银河湾、平罗红崖子黄河滩地）设立灰鹤自然保护区，2022 年这个提案终于通过得以实施。这是他们最得意的提案，也是他们参政议政最大的收获。同时，灰鹤保护拍摄基地建设也在紧锣密鼓地进行中，这是他们为这些"远方来的客人"做的实实在在的事情。岳昌鸿与鸟儿的心是相通的，他懂鸟，鸟儿也懂他。他没有一丝半毫功利想法，真诚地为鸟儿做事。2022 年 3 月，宁夏观鸟协会授予平罗县"宁夏灰鹤之乡"的牌匾。

功夫不负有心人，虽然贺兰山下的黄河，不是灰鹤的终极归宿，但这些年灰鹤不再奔波，不再长途跋涉另觅家园，众鹤云集，驻留于此。黄河石嘴山段湿地如此静好，谁愿意舍家千里寻觅他乡。与鹤结伴，岳昌鸿感到人生阔达。

灰鹤不再奔波了，岳昌鸿却不能停止奔走，他依然奔走在黄河两岸。无论冬夏，每次出发，他都把车内的音乐打开，和妻子一起伴随着音乐同声高唱《鸿雁》这首歌曲。他唱着歌，感觉着鸿雁打开翅膀的时候，有着别样的美和力度，灰鹤也如此，翅翼展开近两米，像是侠客的斗篷突然被风掀开，潇洒至极。

2021 年第一场冬雪，岳昌鸿出发了，他去给灰鹤投食。多年的观察，岳昌鸿知道,在雪天,灰鹤的视距缩短了,影响觅食,必须去给灰鹤送给养。在雪天一定要投食,这是他与灰鹤的一个约定,他已经不记得给灰鹤投食有多少次了,每次 100 多元,买上玉米拉过去,撒在灰鹤经常活动的地方。灰鹤整齐地站定在河谷的雪地上等待他的到来。每次投食,看着雪地上的灰鹤,岳昌鸿深感眼前的雪白托举起内心的另一种洁白,那是灵魂的底色,可以盛放江山,远处的贺兰山,雪意如画,矗立在大地深处。雪在眼前降落,他和灰鹤对视,灰鹤饱食一顿,各自远去。灰鹤飞远后,他依然沉浸在江河之雪的意境中,静静地享受这山河赐福的千里画卷。多少个冬天,岳昌鸿奔走在黄河两岸,身在雪花里端坐,心在飞翔,飞翔已经成为他活着的精神姿态,飞翔的暖意,缓缓融化着深厚的隆冬。

后来许多朋友加入石嘴山摄影民间护鹤队伍中,大家都不约而同地这样做。

岁月如歌,与鹤结伴,岳昌鸿特别希望自己的电脑储存器里有全部的鹤类。我国鹤有 9 种,他只拍摄到灰鹤、黑颈鹤、白枕鹤、蓑羽鹤 4 种,实为遗憾。光临黄河石嘴山段河滩最多的是灰鹤,岳昌鸿与灰鹤近百次的相逢,最多时候拍摄三四千只,而白枕鹤,他仅仅拍摄到一次。那是在宁夏平罗和内蒙古乌海交界处的苦水河。苦水河是黄河的一条支流,在苦水河入黄河口数公里处,一只白枕鹤,悄然而立。

自此以后,他就特别留意白枕鹤与其他鹤的到来。

陈小组:灰鹤日记

黄河流域石嘴山段灰鹤及其他鸟类居住的家园有多处,平时,人们只知道,灰鹤经常光临平罗河谷天河湾和红崖子黄河岸边,其实,整个惠农区黄河湿地全是灰鹤的栖息地和越冬地。从黄河大桥往南，走到林场，再到农牧场东侧，扬水站东、北两侧，一直到礼和银河湾湿地及村庄，都是灰鹤的乐土。

陈小组是石嘴山摄影三人民间护鹤队年龄最长的摄影师。他从石嘴山矿务局退休后照相机一直没有离手。他踏遍了惠农区黄河湿地的每一寸土地，这片广袤的土地成为他的摄影岗位。当地村民特别熟悉这个年近70的摄影人的身影。他每天凌晨3点起床，记摄影日记，把拍摄感受、鸟类活动、周围环境以及拍摄技巧都记录下来。这已经是多年的习惯了。

本文采撷他的一则日记。

2022年2月2日，冬雪初霁，北风呼啸

早春二月，今天是"世界湿地日"，春寒料峭，我一大早冒着严寒去拍灰鹤。下午又在风雪中出发了，到达30公里外的银河湾，停下车后，野外的风大得让我站不住。我扛着相机下到大渠，逆风在芦苇丛中艰难地行走。高低不平的沟底夹杂着各种杂草，让我直打趔趄，边走边听着灰鹤、豆雁在狂风中"歌唱"。

我将寒冷、狂风置之度外。芦苇在风中不停地摇晃，灰鹤群在空中迎风飞行，似乎停留在空中，吃力得很，被风刮得后退，一会儿左斜，一会儿右倾，风太大了。灰鹤翻滚着，拼命扇动翅膀，这得有多么高难度的飞行技巧啊，灰鹤边飞边叫，整个天空被鹤唳占据，呐喊着向狂风宣战。我行走在刚刚下过雪的杂草里，用高大的芦苇做掩体，边走边不时偷着抬起头来，看看灰鹤在恶劣环境中勇敢奋飞的情景，不管是人还是鸟儿生存都不易。我想到了高尔基的散文《海燕》，

"在苍茫的大海上，狂风卷集着乌云。在乌云和大海之间，海燕像黑色的闪电，在高傲地飞翔。……海燕叫喊着，飞翔着，像黑色的闪电，箭一般地穿过乌云，翅膀掠起波浪的飞沫……

今天的灰鹤就是高尔基所描写的海燕。我在芦苇和杂草中磕磕绊绊、艰难地扛着相机行走，芦苇被风刮得不停地弯着腰，芦苇秆打在我的脸上，我用冻僵的手把芦苇拨开，坑坑洼洼高低不平，一不留神就有可能被杂草绊倒的危险，小心，再小心，终于在草丛中躲起来，灰鹤就在我的左前方不远处，天色暗下来，我把独脚架当作拐杖，拦河坝堤足足有70度的坡，我踩着软土用脚搓成小窝，低着头登上六七米高的拦河坝堤，慢慢伸出头来，几百只灰鹤就在我前方100多米处的稻田里，直挺挺地伸着脖子在齐声呼唤。我不敢贸然抬头，坝堤上没有任何掩护。灰鹤的警惕性非常高，发现了我，"嗡"的一声，同时飞起，速度之快让人难以想象。我即刻按动快门，咔嚓、咔嚓、咔嚓……

我有点不忍心打扰灰鹤，但我必须拍下它们在狂风中飞翔的情景，今天的收获不小。

进入12月中旬，越来越冷，大风天气居多。

陈小组惦念着灰鹤，尽管风大，他还是像往常一样分上午和下午两次去野外了解灰鹤在大风中的生存状况。常年与灰鹤相处，他知道，灰鹤没有固定的栖息地，从黄河大桥到礼和30多公里的黄河流域都有灰鹤的身影，但必须得顺着路在田野、湿地中寻找。灰鹤经常在黄河滩涂中过夜。惠农是块风水宝地，越冬的灰鹤每年在此停留150天左右。鸟儿不会说假话，哪里环境好，它们就往哪里飞，这是千古不变的规律。

晚上，陈小组在电脑上整理拍的片子，有时会把拍到灰鹤在狂风中飞翔的片子发给朋友。

鸟与人类是好朋友，宣传野生动物，保护野生动物，陈小组在尽一个爱鸟人的义务和责任，一年四季拍摄灰鹤的飞翔、嬉戏、觅食、歇息，记录生命起飞与降落的日常，书写着一部人与自然、人与鸟儿和谐相处的生命大书。

2022年冬至这天，陈小组在野外拍摄获得意外的收获。下午，他分别去了4个点，拍到了国家一级保护动物大鸨、短耳鸮、翘鼻麻鸭和千只豆雁。大鸨2021年在平罗河谷出现过一次，拍到它的芳容实属不易，而且还是在惠农区地域，这是他万万没有想到的。近几年，他在惠农区拍到国家一级保护动物黑鹳、白枕鹤、白尾海雕，大鸨是他一直追拍的梦，这一天实现了。陈小组大喜。他还拍到了两只蓑羽鹤。多年的追寻终于有了新的收获。陈小组拍到的这两只蓑羽鹤，填补了黄河流域石嘴山段没有蓑羽鹤的空白。当天的日记抒发了自己追梦成功的喜悦心情。

尾 声

文章有尾声，黄河归大海，鹤群向天空。

岳昌鸿、芦有碳、陈小组三人的镜头追寻着黄河波涛，追寻着黄河湿地，追寻着灰鹤及一切飞鸟的翅膀，镜头里的黄河生态情结，无穷无尽。我相信，在未来的岁月中，他们与鸟儿有遇见，有告别，他们拥有一颗关注黄河生态的赤子之心，手中的快门永远不会关停。三人最先自愿组成民间护鹤队，开展保护工作，没有人督促他们，没有单位给他们补贴报酬，没有交通工具，他们同心同德，义无反顾，无怨无悔。在他们的影响下，这支队伍现在已经发展到几十人，爱鸟人与灰鹤结伴，一张张灵动优美的图片是永恒的时空记忆，一张张灰鹤生活的传世图片是他们摄影生涯的真实记录。

摄影让瞬间成为永恒。我想，在读图时代，无数双眼睛关注凝望着黄河，但不是人人都能走进黄河湿地与灰鹤结伴，岳昌鸿执行主编出版了《起舞河泽间——"鹤舞黄河 生态平罗"摄影作品集》。阅读这本大型画集，就是阅读美丽的"母亲河"，实为欣慰，真是喜悦，为摄影人喜悦，为灰鹤喜悦。

十几年来，他们的足迹遍布黄河两岸，他们行走，鸟儿在他们的目光中飞翔，鸟儿的翅膀触摸他们的镜头，鸟儿的鸣叫温暖他们的心房。他们与鸟儿同呼吸、共命运，按下快门的瞬间呈现美丽的心灵，这是最意外的收获，是摄影之外的人生收获。

"黄鹤一去不复返，白云千载空悠悠。"这句让人惆怅的诗句，已经不适合描述今天的情景了。灰鹤年年冬季遮天蔽日地飞到黄河流域石嘴山段，且有长期滞留不归的态势，这里成为灰鹤生活的吉祥之地，给摄影"追鸟人"带来莫大的安慰，给生态旅游带来惊艳与福音。千百年来，"母亲河"在我们心中流淌，这是自然之河、生态之河、艺术之河、审美之河、生活之河。

岳昌鸿、芦有碳、陈小组等摄影人给予我们的黄河生态集美图片是天人合一的精神乐土。

（本文素材来源于《宁夏画报》、石嘴山文明网、岳昌鸿散文《河谷之恋》、陈小组的摄影日记）

时间的绿洲

——站在高节墓前的凝想

永不褪色的花环

贺兰山深处的沟沟坎坎、武当庙公园是人们常去休闲的地方。逢周日，我与妻子也去爬山，运动放松。山顶、山沟、山腰，人影绰绰，笑语隐约。山脚下的一座墓茔庄严肃穆，略显孤独。我与妻子悄然走过去，才发现我错了。墓前有一对花环和一束鲜花，灿烂耀眼。花环和鲜花扫去了墓茔的冷寂，增添了大山般的追念。墓茔建在贺兰山脚下的北武当庙南侧。夕阳晚照，给墓茔洒下橘色的光泽。

墓茔与贺兰山相对。我站起来与妻子从后面再次走近墓茔。墓体方形，由方方正正的黄色料石砌成，分5层，高约3米，宽约8米，顶端是圆穹形。墓茔后面刻着"高节同志的革命精神永垂不朽"，落款是"银北地区煤炭系统，一九七二年十月一日"。

我伫立墓前，方石上刻着"高节同志千古 鞠躬尽瘁 死而后已"，落款是"石嘴山市革命委员会 一九七二年十月一日"。

墓前立着一块宽厚而高大的墓碑。我和妻子围绕墓茔转了一圈，然后，看碑文。看完，我抄写了碑文。

高节同志，河北省阜平县人，一九三八年参加革命，同年加入中国共产党。历任队长、北平军分区武装部长、冀热察军区军工处长、安徽省交通厅长、西北煤管局副局长、贺兰山煤炭工业公司党委书记等。一九七〇年一月十八日因病逝世，终年五十七岁。

高节同志坚决执行毛主席的革命路线，对党对革命事业忠心耿耿，他一生充满了"一不怕苦、二不怕死"的革命精神。抗日战争中，研制炸弹成功，获得通令嘉奖，解放战争中，紧急集结船只，保证大军胜利渡江。全国解放后，积极献身于祖国的煤炭工业，在建设华东和贺兰山煤炭工业基地的建设中作出显著贡献。他立誓："活着建设贺兰山，死了埋在贺兰山，生命不息，战斗不止。"为党的事业以日继夜地工作。他是毛主席的好党员，好干部。

一九七二年十月一日立

"贺兰山公司"，小时候，常听大人提到这个公司，这个公司与高节的名字连在一起。民间流传着许多高节的故事，称高节在办"托拉斯公司"。比如建铁路，比如马路修得宽，比如树种得多，都是高节的主张。高节是煤城的设计者，他与这座城市融为一体。站在高节墓前，我想，对社会作出贡献的人，历史会记住他。

《当代石嘴山日史》记载，安葬高节那天，许多人冒着严寒，来为他送行，贺兰山脚下密密麻麻站满了人。那时没有路，墓地在半山腰上，从山下往山上走，很多青壮年自愿为高节抬棺，穿过沙滩，穿过乱石，漫漫送行路，再长，不觉长。

其实，这座墓早已是这座城市的一个景观。这不仅仅是高节一个人的栖息地，也是一个时代的精神高地，生活在这座城市的后人瞻仰、凭吊、祭奠从没有中断过。记得小时候，每年清明，学校都要组织扫墓活动。少先队员入队、共青团员宣誓、共产党员宣誓都会来到高节墓前。2007年，我居住的小区单元搬来了新邻居逯大爷，我与他聊天，得知他曾经是石嘴山一矿的铁路工人。我问他知道高节不，他说："高节是个小个子，我与他有一面之缘。高节这个人是好人啊！那是20世纪60年代，人人吃不饱肚子，国家实行'瓜代菜'政策。有一天，我们在高站台铺小铁轨，有人说：'高节来了，我们要向他反映吃不饱饭的问题。'我就大胆地走上前，给高节说：'我们饿着肚子，干不动这么重的活儿啊。'高节问：'你一月的定量是多少？'我说：'21斤，'高节说：'是不够吃啊。'他看看我们劳动的场面，拍拍我的肩膀说：'小伙子，你放心，明天就让你吃饱。'果然，三天以后，我们铁路工人的粮食定量就升了。高节让我吃饱了肚子。有时候，我上山就去高节墓前坐坐。"

在这座城市里，怀念高节的人还有很多。

时代已去，梦想依存

听父辈说那过去的事情，感受成长的心灵体验。父辈的故事曾经点点滴滴敲响了我的耳鼓。我想将这些故事串联起来，但总是丢失串联的线绳。后来，我明白了，一个人的成长，需要有营养的童话、寓言和故事，而父辈的故事是滋养我们生命情怀的能量。

《当代石嘴山日史》对高节的生平有简洁的介绍，对高节在石嘴山的工作给予中肯的评价。史志的记载远没有民间记忆生动。在石嘴山矿务局乐新小区，我问几个晒太阳的老矿工知道不知道高节。

一位老人说："哦，高节呀，知道，我还和他一起洗过澡呢。那时，我刚参加工作，冒冒失失，从井下上来，黑不溜秋，和几个工友闯进澡堂，跳进池子里，谁知几个领导正在里面洗。我吓得刚想退回去，一个领导说：'哎，小伙子，不要走，来，给我搓个澡。'他说着，就扔过来一条毛巾。澡洗完了，一个工友惊喜地说：'你小子，刚才让你搓澡的是高节啊。''啥，高节？'我一下愣住了。"老人感慨地说着自己与高节的奇遇。

一位老人说："矿务局北农场就是高节主张建设的，安置矿工家属，给矿工生活解决了大问题。石嘴山城市的格局也是高节规划的，主要是绿化搞得好。凡是马路旁都要种树，凡是水渠边都要种树，凡是办农场的单位，都要先栽树，围绕菜田、农田种树，挡风、挡沙、调节空气。风沙大，多栽树，治理环境。我们把它叫作'格田'。"

另外一位老人说："困难时期，有一个矿工家属吃多了野菜中毒，正好高节来农场检查工作，遇到了这个情况，急忙用他的吉普车把中毒的家属送到平罗医院。"

这么多年过去了，这些生活细节老工人讲起来就像发生在昨天。我听着老人们的回忆，明白了高节在石嘴山工作时，正是特殊时期，天天在风口浪尖上。这时，有一位90岁的老人插话说："高节是累死的。"老人这一句话，我就知晓了高节在老百姓心中的位置了。

站在高节墓前，忽然产生一种想融入贺兰山的念想，要么做贺兰山上的一块岩石，要么做山下的一株野草。我特别想借助高节的一双眼睛，认识贺兰山，认识老一辈开发大西北的情怀。雨后的黄昏，仰望贺兰山云海，浩然苍茫，波涛汹涌，气势壮丽。岩画告诉我们古老而漫长的地质演化运动。这是距今三亿年前的故事，而煤炭开采是距今60多年的事情。虽说煤炭是不可再生资源，已经被告知枯竭。这座城市的工业布局也由资源型向绿色园林生态转型。

白驹过隙，贺兰山见证着大地上发生的一切事情。巍峨的贺兰山阻挡了沙漠的进攻，守望宁夏人民的生活，是"塞上江南"这片神奇土地的守护神。

我站在巍巍贺兰山下，阅读高节的碑文，字字在燃烧，不熄的火焰，照亮了生命时空，突发沧海桑田之感慨。

历史的空间让我忧郁，我与先辈隔得太远，那是战火硝烟的30年代，是战争废墟上一穷二白的社会主义建设时期。从战场上归来，经过战火洗礼的先辈们，走进大西北，激情似火，投入到新中国煤炭开采的火热生活中。他们把生命交给党，交给建设。"我是党的人，哪里需要哪安家。"我常听老人们说这句话。这是那个时代的价值准则和生命认可。

此时，我脑海里泉水一般涌出魏巍在《谁是最可爱的人》里的话：

亲爱的朋友们，当你坐上早晨第一列电车走向工厂的时候，当你扛上犁耙走向田野的时候，当你喝完一杯豆浆，提着书包走向学校的时候，当你安安静静坐到办公桌前计划这一天工作的时候，当你向孩子嘴里塞着苹果的时候，当你和爱人悠闲散步的时候，朋友，你是否意识到你是在幸福之中呢？你也许很惊讶地看我："这是很平常的呀！"可是，从朝鲜归来的人，会知道你正生活在幸福中。请你们意识到这是一种幸福吧，因为只有你意识到这一点，你才能更深刻了解我们的战士在朝鲜奋不顾身的原因。

梦想需要寻找，贺兰山深处埋藏着时代的梦想，贺兰山托举起时代的梦想，时代的梦想是有重量的，那是高节等先辈们的灵魂。如果心灵有绿洲，浮躁、冷漠、焦虑、虚假、伪善就不会充斥在现代生活中。

我真想看看高节那一代人心灵的绿洲。

高节的主张

今年夏天，我去采访退休老教师朱华芳老师，偶尔得知朱华芳的老伴郭忠先生给高节做过秘书，我兴奋不已，终于找到走进高节精神世界的路径了。半年以后，我又去拜见二位老人，说明了我的想法。

郭忠老人特别热情，他说："高节啊，那可是好干部。整个石嘴山市的人，没有不敬仰高节的，都叫他'高青天'。"

郭忠是天津人，他说："我给高节做秘书，那要说的事情太多了。他最突出的工作作风就是实事求是。我呢，跟你说几件事，你就知道这个人在作风、品质上确实令人敬仰。"

我听着郭忠老人说高节的故事。

1956 年 1 月 24 日，西北煤矿管理局在西安成立了石嘴山煤矿筹建处，高节任西北煤矿管理局副局长。他力排众议，提出把国家工业管理机关从西安搬迁到石炭井，强调搬迁的优势。经历了抗日烽火和解放战争洗礼的高节，深知指挥员离前线越近，掌握的敌情越多，处理战场的变局越有把握。他深情地对同事们说："我们都是从战争中走出来的，我们都知道，每当战斗到了交织关头，要打胜一场战役，首长总是不顾危险跑到前沿指挥所观察战斗形势。我们待在城市里养尊处优，听汇报，不是亲眼看到的情况；我们坐在办公室里，不了解矿区，怎么帮助矿区解决实际问题？西北地区的各个矿区，到西安都有两天的路程，我们这些领导要处理事情、解决问题，可时间都耽误在路上了。石嘴山是国家'一五'计划十个煤炭矿区的中心，石炭井又是重点矿区。我们不到生产第一线开展工作，躲在大城市里享福，这不是共产党人的作风。现在还不是享福的时候，我们需要的是战斗啊，我的同志哥。我们这些领导应尽快深入矿区开采第一线，避免官僚主义、主观主义和形式主义，更有利于推进煤炭事业的快速发展。"高节的提议开了先河，他的一番话更有里程碑式的现实意义。

高节来石嘴山工作期间正是低标准年代。矿工吃不饱，干不动重体力活儿，使矿上煤炭产量下降。高节向煤炭部领导如实反映了情况，解决了工人的吃饭问题。给井下工人的粮食定量由原来的每月21斤改成45斤，每个月由自治区粮食厅来批，核准人数。给工人的粮食定量上去了，随之产量就上去了。月月超额完成任务，年年超额完成任务。

郭忠老人满怀深情地回忆，给他最深的记忆是高节实事求是的工作作风。高节下去调研，不是先见部门头头，而是直接到基层听群众反映情况。

群众听说"高青天"来了，都愿意向他反映情况。他身上有一种亲和力，但干部作风抓得紧。群众敬畏他，干部也敬畏他，敬畏他深入基层摸情况。

他每次下去都这样，不管到哪里，包括到矿务局，都是先去矿区，先去基层。不提前告诉。比如了解二矿的情况，就先到二矿，听完汇报了，了解完了，再到矿务局找主管领导。他去都是有目的的。

在修建从银川到汝箕沟的铁路专用线的时候，高节骑着小毛驴，带着工程师、设计师、地测队等技术人员勘察线路。从大武口一直走到石炭井，一路走，一路与随行人员商量，不单单自己拿意见，主要听工程师、设计师和地测技术人员的意见，看车站设哪里，线路怎样走，最后才确定。骑小毛驴勘探铁路线是高节鲜明的工作作风。

山里有一条小溪，他们沿着这条小溪走，该爬山就爬山，考察这条铁路该怎么修——就是咱们现在进山的这趟绿皮小火车。

一个人去世了，大地上的碑终究会倒塌，重要的是那座丰碑久远地立在人们心中。作为后来人，我站在高节墓前，听老人们追怀往事，这些往事曾经属于这座城市，这些往事唤起的是对先辈开拓精神的崇敬，也是对实事求是精神的感叹。

现在，我们再重温高节同志的誓言："活着建设贺兰山，死了埋在贺兰山，生命不息，战斗不止。"

城市美容师

一

我 12 岁那年，母亲在大武口区绿化队苗圃找到一份临时工作。苗圃就成为我的乐园。树是有记忆的，能记住许多事情，也会记住该记住的事情。

有一次，登上贺兰山山顶眺望我的城市，居然发现城市淹没在丛林中，绿树连绵起伏，碧翠欲滴，深沉如海，多情的绿色洗濯着我的眼睛。我突然觉得每棵树身上都写着母亲的名字，树冠下站着母亲，我的城市已经成长为绿色之城了。这是"我的城市"，我私下里认为，我的父辈、我的同龄人及我的后代都允许我这样表白。我是这座城市的第三代人。我的城市还是一张图纸时，杨柳要在戈壁滩上扎根太难了。那时，漠风肆虐，刚栽下的树苗，被大风连根拔起。没有树的生活实在不能称为生活。种树是几代人的大事。母亲培育的树苗，是城市未来的绿色，也是绿意的历史。当我的城市已经出现雏形时，伟岸的白杨应该是第一代树木，可惜，白杨树得了病，铺天盖地的天牛吞噬了挺拔昂扬的白杨树。那时，小学生都有捉天牛的艰巨任务，捉 100 只天牛可以得到学校的表彰。当然，还有耐旱抗风的沙枣树。

记得有一天晚上，母亲值班，领我住在苗圃。初春时节，春寒料峭，但苗圃温棚里的火炕十分暖和。那时没有通电，点着一盏马灯。母亲提着马灯，一棵树苗一棵树苗地查看。一拃高的树苗在温棚里齐刷刷地露出地面。等待树苗绽放新绿是多么快乐的事情。淡淡的小黄芽在树干的结芽处像绿豆一样冒出来。母亲定时用喷壶给树苗喷水，那水雾像梦幻一样洒在12岁少年的心里。从这一天起，我学会了欣赏树。

栽树的情景依然历历在目。母亲扛着铁锹和镐头，我提着小水桶。母亲在挖树坑，我在模仿。劳动，对于我来说，是一种玩耍，而玩耍的记忆最深刻，母亲干活的情景把我的记忆染成了绿色。母亲只是一名临时工，但母亲珍惜这份工作，干活特别使劲，母亲坚忍地用力踏铁锹的情景让我刻骨铭心。母亲挖的树坑都能经受住检验，深度与宽度都是标准的，栽下的一行行小树苗都成活了。

现在，这些树的"腰围"已经有水缸那么粗了，个头也能赶上三层楼房了，这些树缠绕着城市，拥抱着街道，点缀着城市的生活，给清晨以礼仪，给黄昏以浪漫。商店门前，工厂院落，校园四周，军营操场，政府机关的窗前院后，都是树，树木成林，花草为坛。树是城市之魂。我给这些树起了名字，叫耕耘，叫五湖，叫四海，叫开拓，叫艰苦，叫奋斗。随着树的品种增多，名字也在增多，就叫收获，叫五彩，叫缤纷，叫姹紫，叫嫣红……树多得说不过来了。这是没有经过正式命名的春城，我就叫它塞外春城吧。南方的朋友来访，都异口同声地惊叹："这里这么多树啊！"

我的城市的树虽然不是四季常青，树种也有限，但我的城市的树可以享受炽热的阳光和高远的蓝天。我的城市楼不高，但树高，我的城市马路宽阔，从不塞车。拥挤、喧嚣、浮躁，是城市病，而我的城市远离这些，特别适合人安居。抬头望天，干净，湛蓝，树在身旁，郁郁葱葱，清清爽爽。

这些风姿绰约、容貌俊秀的树木花草以东方广场为轴心，向周边辐射开去，呈网状纵横交错，构成了城市的绿色容貌。贺兰山路绿意浓浓。城市展示自己的眉眼，先要撩开厚厚的绿荫。朝阳大街则是一条绿色的长廊，可谓十里长街，大江南北的名城大都，少有这么宽阔、这么长的绿色大道。它是山水的联姻，很难说清楚是山娶了水，还是水嫁给了山。在寸草不生的荒山脚下创造了森林，在缺少水的地方，奇迹般地出现了"宛在水中央"的意境。森林公园与星海湖，一个是童话，一个是传奇，虽然风韵各有千秋，但绿色的主旋律都在人们心中回荡。

时下，经常有飞行器在城市的天空盘桓、俯瞰。你会发现，贺兰山路与朝阳大街是由树木花草写成的一个超然的绿色"十"字，这是十分有意思的象征。我想了想，绿色"十"字，一定寓意着什么。

二

这是绿色之缘，是绿色的召唤。2002 年 5 月，妹妹调到大武口区园林局绿化队做了一名园林工。闲聊时，她总是说一些植树养花的事情，土壤改良、养分流失、蓄根保墒……使我这个外行对树木花草有了更深的了解。妹妹比喻园林工人是城市美容师。我在心中不知多少次赞叹她这份林木情怀。

园林工的创造，让城市的风貌与神韵凸显在世人眼前。母亲让我明白了种树是生活的需要，妹妹让我明白了城市容貌是养出来的。

城市美容师，多么富有诗意的工作啊。

现在，妹妹已经退休了。她做了 10 年树木花草种植和养护工作。刚上岗时，她对绿化工作一点儿不懂。整天顶酷暑，冒雪霜，抱怨自己命运不好，摊上这么一个艰苦的工作。一年以后，她负责的路段花草树木长势很好，经常听到路人夸奖。她一下子醒悟过来，认识到自己的工作与城市的形象联系得这么紧密，自己的生命足迹就是树木成长的年轮，像钟表一样刻在绿色城市的日程上。她主动学习，经过几年积累，逐步懂得了一些树木花草的养护知识，尤其是在街道两旁生长的树木花草的习性和浇灌、修剪及病虫害防治的知识，并且掌握了工作要领和操作步骤。通过学习实践，妹妹获得了高级园林工的技术职称。

妹妹之前白白净净，细皮嫩肉，从没有握铁锹干过体力活。10个寒暑过去，她那张像桃花一样的脸即使再捂着口罩，也挡不住风雨常年的侵蚀，挡不住紫外线常年的照射。她的脸虽然黑了，但健康的心态和树苗一样有生机，明媚，娇媚。遒劲的西北风，猛烈的东南风，使她的容颜变得粗糙；浑浊的黄河水、冷峻的贺兰山，使她的性情变得坚韧。

2002年刚到绿化队，妹妹负责管护朝阳东西街4公里马路两旁的绿化带。管护树木花草是个技术活，也是个体力活。4公里绿化带的管理维护，劳动量很大，她既要学习树木花草的管理维护知识，又要克服体力劳动的不适应。干一天活，手脚浮肿，晚上看书，手握不住笔。有几次血压上升，她悄悄吃下降压药，咬紧牙坚持着。这一坚持就是3年，学到了树木花草的生长知识，熟悉了树木花草的管理、养护技术，新的工作环境给了她无穷的乐趣。

2005年，她开始养护贺兰山路以东街路（至国道）的树木，基本包括了半个大武口的树木。接手工作之初，班长带她将沿途的树木一棵一棵数了一遍，她对一些特殊的树木做了详细的记录。这一数，她吃惊不小，自己管护的树木竟有上万棵。她对我说，从那天起，她守护着这些树木，能听到树木的心跳、树木的呼吸、树木与天气的对话、树木与人的对话。树木与人的生息是相伴的，她管护了这么多树，顿时感到绿化工作的神圣。她给树木都起了名字，大树是她的父辈，小树是她的兄弟姐妹，刚栽上的树苗是她的孩子。她熟悉树木的性格脾气，树木喜欢什么、爱吃什么、爱穿什么，树的品种，树冠的形状，树身粗细和高低，哪棵树有病虫要及时打药，哪棵树被人折断要及时写警示牌防护。神奇的是她无论站在哪棵树下，这棵树的树叶都会飒飒作响，像柔曼的音乐，大树泛出的丝丝凉意落在脸上，像刚刚贴了面膜一样舒服。妹妹发现，天天与树木相处，自己与树木有了特殊的情感。绿色是生命的象征，多么需要呵护，一花一木一草一情。她觉得这是工作，更是生命的置换。

每一年，最苦的是春冬两季植树，手磨出了血泡，抓不住铁锹，回家一沾水，钻心疼。但第二年看到自己亲自栽的树冒出了绿芽，心中有说不出的欣慰。春天给树木修枝，举着锯，双臂酸疼；整个一个夏天，浇灌草坪，站在水里，脚是冰凉的。养护树木，细致入微，园林工对待树木，就像对待自己的孩子，爱护树木，就像关注自己孩子的成长一样。每当夏季，树木给城市洒下了浓浓绿荫，她心中不知有多么欣慰。

2006年，妹妹担任了太西广场班的班长，带领10名临时工负责养护太西广场的花草树木。担任班长，她知道自己肩上的担子重了，不像过去只把自己分内的工作搞好就完了，现在要操心，要协调，要给每个人安排工作，事情很多。不光是养护好树木花草，还要管好这10个人，让大家心往一处想，劲往一处使，同舟共济，搞好绿化养护工作。管好人，才能管好树，才能养好树木。

养护太西广场的花草树木不同于养护马路两旁的草坪树木。广场是群众休闲娱乐的场所，是城市的形象，妹妹站在这个高度认识自己班组的养护工作。在每天的班前会议上她都要提醒姐妹们，要将自己的实际工作与城市的形象塑造联系起来，要将自己的实际工作与城市绿化、城市园林化建设发展结合起来，精心养护好每一棵树、每一朵花、每一块草坪，用自己的心美化城市环境，用心给城市书写绿色的名片。

太西广场的面积约 36000 平方米。广场侧面的苜蓿地面积约 3780 平方米。她们班养护的树有花灌木、乔木等 14 种 961 棵。在养护过程中，须按时修剪草坪和绿篱，将苜蓿地修剪得像地毯一样平整、美观。她们的常规工作是施肥、浇水、修枝、整理草坪、修剪绿篱。除做好常规工作以外，尤其重视冬季的浇灌和春季给树木的补水工作。冬季要浇透，春季要补足，发现病虫害，及时打药。另外，要完成每年春冬两季的植树任务。下雪天，要及时将积雪扫到树池里，或者堆积在草坪上。平时，及时清理绿化地带的枯枝败叶，及时清理草坪上的垃圾和树上悬挂的塑料袋。太西广场四周的环境卫生较差，不但要养护花草树木，还要完成清洁工的任务。

花有情，树有意。树木花草也同人一样，需要良好的生存环境，需要呵护，需要健康成长。多年来，她们完成了太西广场的树木花草养护任务，为周围的群众创造了一个充满生机、绿意盎然、整洁干净的休闲娱乐场所，在群众中赢得了口碑。

石嘴山市是在荒漠上崛起的绿色城市。普通的园林女工——城市美容师，把我们的城市打扮得美丽漂亮，向蓝天、碧水的山水园林化城市一步一步迈进。

刷 白

　　暮秋薄冬，寒意萧瑟，落叶飘零。绿化工开始刷白的工作。

　　绿化工提着装着白石灰的小桶，捏着排刷，挨个给树木刷白，高度一米二。上下刷几次，刷匀称了，后面的人再在上部刷一圈红漆。一排排刷了白灰的树，整齐美观，从远处观望，像一排排在风雪中向城市致敬的士兵。有一次，我经过一段路，看到妹妹顶着刺骨的寒风，提着白灰桶，一棵树一棵树刷下去，从南到北，从东到西，要走十几里路，一棵树都不能漏掉。这些苦，妹妹一个弱女子都吃下去了。大武口的街道槐树多，朝阳街和贺兰山路两旁的树有一怀抱粗的，有碗口粗的，一排排粗细不等的槐树像穿上了雪白袜子的士兵，在接受冬天的检阅。

　　给树刷白，防冻保墒，防治病虫害。白石灰里掺上咸盐才有效果。

　　妹妹在绿化队工作时，有一年初冬，我女儿要参加社会实践，我让她去跟着姑姑干这个活儿。干了一天，女儿就叫苦连天。刷白确实是一项循环性的重复劳动。妹妹一天要刷300多棵树。据她说，一个班10个人，干10天左右，在霜冻之前必须把大武口街道上的树木刷完。在户外工作，经受寒风，我女儿肯定受不了这个苦。绿化工人的脸晒黑了，却保护了树木的皮肤。我们只知道夏天享受绿荫，但不知道保护一棵树的成长，要付出多少艰辛。

五月槐花，满街飘香，沁人心脾。树叶由浅绿进入墨绿，绿荫如盖，阳光如线。我的目光落在树干上，去年冬天刷白的痕迹还在，但已经不是雪白了，雪白已经让寒冬的手抹去了。当然，病虫没有侵袭树木，才有了春天的葳蕤；树根触摸大地的脉搏，才有了树冠的千姿百态。这种深入大地的情怀让我感动。我瞅着一棵棵树干上刷白的陈年痕迹，就看出了一些闲情。年年深秋，绿化工都会给树木刷白，一层复一层，白白相叠。我体验这个循环性的重复劳动的深意，我喜欢白。白，不是脑子一片空白与茫然，是一种丰富，给生活留下余地；白，是空灵，白，是风致；白，催人遐思，白，无色无味，是一种生存状态和生活意境。

应该是这样的。初春时，绿化工给树木剪枝，旁枝斜干都要剪去，使树干保持足够的养分，才能养大树冠。树冠与树冠牵手，就生成了十里朝阳街的绿色长廊。修剪树木，就是给每棵树提供足够的空间，实际上就是给树木的成长留下了空白。

是啊，成长是需要空白的。

写文章的人在文字中寻找生活的真意。我不敢说自己找到了。生活无穷，写法无限，每个人心中都有文字。不同之处就是许多人不屑于推敲文字。我常常觉得自己写得太满、太实，什么话都想说，笔下没有留下寻味、意味和趣味的空间。实际上，每个人都有触摸生活质地的方法，我觉得给读者留下触摸的空白最好。留白是文章之道。

绘画中的留白是一种艺术境界，观赏绘画大师的作品，常常感到他们将纸张的尺寸扩展为辽阔的天空、宽广的大地，而在这么浩渺无垠的空间里不著一字，不洒一滴墨迹。为什么？留白是让读者思考。墨分五色，是绘画艺术。一张洁白的宣纸能承载最美最壮观的图画，而留白，是让读者去着色。白，实在是耐人寻味的艺术境界。

还有说话。话有三说，巧说为妙。说得妙，就是留白；说得圆，就是留白；说得润，就是留白。还有笑，千万个人有千万种笑。进门不骂笑脸人，逢人就笑，笑是留白。有时候，看到有人在笑，你若问他笑什么，问而不答是留白。

所以，留白，不只是艺术上的事情，也是生活的寓意和隐喻，是生存的一种智慧和选择。常言说："人要实，文要虚。"在现实生活中，含蓄是不是留白呢？我觉得，豁达、坦然、直率的人一般不会给他人留白。

实际上，留白是一种生活的艺术，既简约又丰富。人吃五谷杂粮，有欲望有追求，在尘世走一遭，总要有印迹留下来，不管气质格局、尊贵卑微，人人心中有留白，总要尽最大的努力让生命留下印记，谁也不愿给生命留下空白。

无论欲望有多大，追求有多远，最终都想获得人生的幸福。幸福是不是人生的大问题呢？当然是。想要获得幸福就要懂得选择。圣贤们特别会给生活留白，比如鱼和熊掌不能兼得，比如天下之忧。我觉得汉字的丰富意蕴主要是有留白，比如，舍得和放下、委婉风趣、诱惑、恰到好处、沉沦、距离、欲速则不达、知足常乐、停下来、慢慢欣赏、退一步、分寸与尺度……品味这些文字就是学习生活的留白，留有一种新的选择。我把这种选择就叫作刷白的生活。

现在，妹妹已经退休两年了，偶尔谈起给树刷白的活儿，依然兴奋不已。听她谈刷白，我能感觉到劳动的愉悦，虽然她不断说那些年太苦太累了，但她从诚实、勤奋的劳动中获得了幸福快乐的生活。她的生活有留白，但没有空白。

水色三叠

　　电视节目制片人张宇强要拍摄一个关于城市供水的片子，我有幸随他一起走进水的世界。

　　在老水厂的泵房前，张宇强架起摄像机。天刚降了一场大雪，房上屋下，满世界一片洁白。加压泵的隆隆声在院内回响。给排水公司总经理李占清向我介绍老水厂的改造情况："经过改造，声音已经小多了。"我边用心听着李经理的介绍，边记下了映入眼帘的"企业精神——以水为本，以德为魂，艰苦创业，服务社会"。我参与这次拍摄，也缘于我妹妹早先就在老水厂的泵房工作，我想看看她的工作环境。

　　老水厂建于 20 世纪 70 年代初期，当时只有两眼井供大武口区居民生活用水。如今绿色已经与我们的生活密切相连，我们向建设园林化城市迈进。在追忆这座城市的发展历程时，我听到过许许多多感人的事迹，却忽视一个重要的源头——水。

　　可想而知，没有水，在这片荒凉的土地上，那些感人的事迹怎么能发芽长枝呢？

　　看到了水，我就看到了给这座城市打第一眼井的人们，他们的品质就像水一样清亮。

　　从泵房出来，见张宇强正在拍摄雪地上的一串脚印。

我突发奇想，在白皑皑的雪地上写了"水之魂，绿之恋"六个字。

水的笑容

生理学家告诉我们，水是人体含量最多、最普遍的物质，占了人体重量的 60% ~ 65%，一个健康的人每天至少要喝 8 杯水。人在困境中断了食物，但只要有水，就能维持生命。人类居住的地球，周围被水包围着——江河、湖泊、海洋，但能供人饮用的淡水是有限的。在茫茫大海上远航，淡水是胜利归来的有力保证；在沙漠中跋涉，等于进入死亡之海，对于水的关注，淋漓地体现出对生命的渴望。在古代，人类设坛拜神，祈求下降甘霖。在我们西部，"喊叫水"是圣洁的生命之音。

寻找地下水，自然就是寻找生命的闸门。"吃水不忘掘井人"，这座城市有许多雕像，唯独没有关于水的雕像，我们应该塑一座关于生命之源的雕像。

站在大武口第二水厂的厂区内，仰视这一片纯净的建筑群落，我顿然感到建筑也是企业形象，蓝色旋律在洁白的建筑群中飘过，我听到了淙淙之声，这是文化给企业的滋补之音。我的心清亮如水。这里的建筑风格是传统与现代的完美结合，是时代气息与科学精神的相互交融，表现出人与自然的亲和感，把人对自然的态度引向了审美的意蕴。第二水厂是一家自动化的绿色企业，在全区乃至全国的技术水准都是领先的。李经理说，水厂采用了二氧化氯消毒新工艺，保证了水质的卫生达标，又起到了保鲜作用。他指着大屏幕，讲解水的生产流程，说着创业的艰辛，道出对未来的设想。

近年来，石嘴山市地下水位持续下降，水质恶化，城市供水严重短缺，直接影响城市形象、投资环境以及城市发展。1999 年 5 月，市供水排水总公司成立。任重而道远，第一任总经理郑忠安在公司成立之日向社会庄严宣告公司的奋斗目标。三年后，公司完成了大武口供水系统配水管网的改造、监控和调度系统；完成了黄河水厂的续建工程；完成了大武口老水厂的设备更新改造；完成了大武口第二水厂的建设；完成了大武口区集污系统和污水处理厂的建设等一系列工程；兑现了对社会的承诺，实现了稳定可靠供水，实现了夏季用水高峰期一日三餐有水的承诺，体现了以水为本、服务社会的企业精神。

大武口的变化日新月异，从房无一间到高楼林立，从寸草不生到绿荫如黛，从人烟稀少到拥有近20万人口。是谁滋养了这座城市？水如明镜，功勋可鉴。水无形，任何一种容器都可以容纳它；水无色，任何一种色彩都能与它相融。只有那些为水的事业默默奉献的人们，才能领会脉脉含情和柔情似水的含义，只有那些为城市的建设贡献了青春和智慧的人们，才懂得水的感情。

大武口第二水厂是城市一道清秀的风景，城市记取了水的笑容。水的笑容随处可见，你看这一尘不染的清亮的街道，你看这碧色如洗的青翠的松柏，你看这五彩缤纷的耀眼的音乐喷泉，你再看城市夜晚的灯火，那是水的眼睛，是水的灵魂。游泳馆的落成，更掀起了笑的浪花，是生命力表现与张扬的极致。人们把自己的体魄和心情浸淫在一池清水的时候，可能什么都不会想，欢跃嬉戏，展现矫健，尽情搏击，闲庭信步，快乐如仙……

水微笑着，融汇了这一切，只有水能使人的身心达到完美和谐的境界。

清洁的雕像

站在生态环境的高度，我呼唤清洁。

站在污水处理厂的沉淀池前，我失语了，一句话也说不出来。

我一步一步往前走，那种阴沟里的气味在鼻翼下浮动，我感受到"窒息"这个词有一种压迫的力量。我不能说参与拍摄，只是匆匆经过，张宇强把镜头慢慢移向粗格栅、细格栅、曝气沉砂池、中间沉淀池。生活污水、工业废水在格栅里泛起泡沫。听了李占清经理的介绍，我懂得了什么是 AB 法污水处理工艺。科技的光芒穿透了我的心房，同时，清洁的精神逐渐在我的身体里流淌。我不知不觉放慢了脚步，用心观察那些辛勤工作的人们。

这时，语言是无声的，我无法表述他们的工作状态，他们的工作状态的确不易表述。

我们各家各户一日都离不开清洗，我们的家干净整洁了，我们制造的污水流到哪里去了？倒进下水道去了，这么简单的问题还用问吗？不是我啰唆，是很少有人过问污水的归宿。追求效益的现代人，最喜欢总汇。大家看——鞋城、家具城、手机总汇、小吃一条街、服装展销、电器总汇、水暖总汇，这一切吸引着我们的目光。而有一个地方我想把它叫作"污水总汇"，在这个总汇工作的人们与"脏"共舞，与"臭"共舞，他们以高尚的情操追求清洁的精神，他们是城市的美容师。面对他们，我清醒地认识到，清洁精神是一点一滴干出来的，不是高谈阔论出来的。我必须走出书斋，欣赏劳动的美丽。我处于混沌状态，始终不清楚自己肩上的责任。自己的书房都清扫不干净，何以扫天下啊？这些普普通通的人们的一举一动将责任体现得那么明确，那么清晰。

久久地站在越来越清澈的水池前，我想，我应该把我的礼赞献给他们。

大武口污水处理厂于 1998 年 8 月动工建设，2000 年 9 月 20 日主泵站投运。由此上溯到 3 年前，大武口只有两个泵站在提升污水，直接排到城市东部边缘低洼滞洪区（即昔日的星海湖），任其漫流，蒸发；由此再上溯到 10 年前，大武口东部是一片臭水滩，城市污水随意排放，造成蚊蝇滋生，城市环境被污染，威胁着大武口居民赖以生存的地下水资源。大武口污水处理厂的建成运行，填补了银北地区没有污水处理厂的空白。应该自豪地说，这项工程有利于当代，有功于千秋。可以想象，有多少绿荫带在我们头顶上延伸，有多少街道在我们脚下拓宽，有多少工厂在我们手中建成。没有水，怎么可能呢！我们的森林公园吸引了多少惊奇的目光；改造治理以后的星海湖成为我们城市亮丽的风景；创造性地保护水，会给未来开拓多少绿色的希望；生态环境保护将会涵养地下水资源，为水的合理利用创造了条件。

我不知道我们的城市有多少条街道、多少条马路、多少个居民小区，但是污水处理厂的工人对这一切都清清楚楚。他们就生活在我们中间，我们一日都离不开他们的服务。如果没有了水的清洁，我们的生活就失去了明朗的节奏，变得黯然无光，变得污秽狼藉。朋友，尽情地追求时尚吧，忘情地徜徉在花前月下吧，热情地和来访的朋友品茶聊天吧，深情地享受生活吧。

那些默默为城市奉献的人们，保证了生活渠道的无限畅通，其中包括为城市处理污水而辛勤工作的工人们，我虽然不知道他们的名字，但我知道他们的服务宗旨，我应该为他们歌唱，向他们致敬。

为有源头活水来

石嘴山市地处西北干旱地区，水资源先天不足。随着石嘴山市的建设发展，地下取水量逐年增大，远远超过水源地给水能力，造成地下水位逐年下降，20年开采累计水位下降40多米，形成大面积的降落漏斗，致使水质恶化，浅井干枯，深井出水量衰减。石嘴山市缺水尤为严重的石嘴山区，每日所供1万立方米水中，0.8万立方米为苦咸水。饮用苦咸水普遍出现腹泻症状、氟中毒、结石病，对居民的身体健康危害很大。这一现象严重制约了社会经济发展，解决城市供水问题是当时一件刻不容缓的头等大事。

——《石嘴山黄河水厂给水工程竣工验收报告》

踏进黄河水厂，李经理先让我喝了一杯白开水，我欣喜地一口气喝了半杯，不咸，不涩，不苦，口感很好。3天后，我读到了《石嘴山黄河水厂给水工程竣工验收报告》，被这肃穆庄重的叙述感动，顿时感觉建设者们滚烫的热血在奔涌。"问渠那得清如许，为有源头活水来"，这是一项造福一方的伟大的工程，奏响了水的历史的新篇章，历史会铭记这一刻。

黄河水厂于1994年8月正式动工建设，1997年1月30日开始向石嘴山区人民供水。黄河水厂以石嘴山电厂冷却尾水作为水源，采取"预沉、澄清、过滤、消毒"的处理工艺，使水质达到国家生活饮用水卫生标准，让石嘴山人民喝上了"放心水"。供水排水总公司的领导不辞辛苦，上北京、跑银川，立项目、求资金，力争国家项目资金的支持，以顽强拼搏、艰苦卓绝的精神，给石嘴山人民交了一份合格的历史答卷。

我站在黄河边，思考着覆舟载舟的故事。

黄河奔腾不息，逝者如斯，卷走了往昔的盛衰沉浮，载来了未来的光荣与梦想。黄河母亲的乳汁给了我们智慧，是我们为人民造福、为人民服务的力量源泉。城市的决策者面对黄河，应该也是这样想的。关心老百姓的疾苦，为老百姓排忧解难，就是为官一方的力量源头。老百姓是水啊，这个源头在城市决策者的心里装着。把老百姓的心堵住了，水是无法治理的，大禹的过人之处，就是明白这个深浅。为官一方，有多少理想印在了这块土地上，虚虚实实，如何分清，老百姓心里有杆秤。口碑为实，形象为虚。老百姓的话能把地砸个坑，这就是千秋之碑。

水是生命之源。黄河永远给予我们启示。

《石嘴山黄河水厂给水工程竣工验收报告》说：

> 黄河水厂的建成投运减缓了石嘴山区地下水水位的下降，保证了石嘴山区现有地下水取水的持续性；结束了石嘴山区人民吃苦、咸水的历史，改善了居民生活条件，提高了人民的生活水平和健康水平；彻底解决了由于供水水源不足对石嘴山地区经济发展的影响，为石嘴山地区城市建设和经济可持续发展创造了基础条件。

这并非溢美之词，这是公众的认可，这是历史的丰碑。

钢铁年代

2018 年 10 月 15 日，我有幸作为学校代表参观了宁夏回族自治区成立 60 周年大型成就展览。在工业展台上，石嘴山钢铁厂生产的密封钢丝绳作为航空母舰上专用阻拦索，成为亮点，许多参观者在拍那个绳索的样品。我喜出望外，举起手机拍照，并把照片发给我弟弟。弟弟是石嘴山钢铁厂的工人，并且就在密封钢丝绳车间。弟弟立刻打来电话说："这是一种特种钢绳，工友们把它叫作特殊用途钢丝绳。"从电话里可以听出来，弟弟很兴奋，毕竟他参与了这种特种钢绳的生产。接着，他自豪地说，"我们厂是国内唯一生产这种特种钢绳的厂家，这是我们宁夏的骄傲，是我们钢铁人的骄傲。钢绳生产技术规格特别高端，生产工艺水平特别严格。这是我们厂的拳头产品。"

弟弟告诉我，石嘴山钢铁厂生产的密封钢丝绳、三角股钢丝绳和特种钢丝绳，组成了"恒力"牌钢丝绳系列。

我想知道得更多一点，就问道："你知道你们厂第一炉钢是什么时候出的吗？"

他说："这个我不知道。那是过去的事了。我是 1985 年才进厂的。"

是啊，那真是过去的事。石嘴山的历史是一部辉煌的创业史。1958 年 11 月 21 日，国家冶金工业部决定在宁夏石嘴山河滨区建设钢铁厂。

20世纪六七十年代，许多工厂在黄河石嘴山段西岸建成投产，有树脂厂、陶瓷厂、氧气厂、焦化厂、磷肥厂，还有发电厂、矿务局、电化厂、黄河水厂等，形成了石嘴山河滨工业区，是宁夏工业的发祥地。现在，有些工厂归英力特集团。

从银川回来后，我急切地想知道石嘴山钢铁厂的建设情况，就一头扑进图书馆，查阅了20世纪60年代的报纸。

1960年1月24日的《宁夏日报》报道了宁夏出产第一炉钢的盛况："炉前工打开出铁口，铁水像一条红色的巨龙从铁口涌出，沿着钢槽流进铸床。来宾们喜笑颜开，掌声不断，连连向工人们招手祝贺。"

那一天，我坐在图书馆的阅览室里，翻阅尘封了60余年的旧报，新闻的墨香早已被岁月淹没，每一张报纸都弥漫着浓烈的尘土味和时间的回响。我搜索着感兴趣的标题，翻动报纸的时候，那陈旧味不断钻进鼻腔里，我顾不得这些，感到激情石嘴山就在我眼前燃烧，那个钢铁年代在我眼前鲜活起来。

我想到每天乘坐的电梯就是电机带动钢丝绳上下升降的。我将弟弟说的钢丝绳的年产量与工农业生产建设的需要联系在一起。

我的思维突然跳到金沙江畔的峡谷里，与金沙江上的索道联系在一起。峡谷激流，悬崖峭壁，阻隔了两岸村民的往来。在没有桥的日子里，渡船在激流中颠簸，翻船是常有的事。索道成为缩小两岸距离的唯一交通工具。钢缆、钢绳、钢索，不管叫什么，悬在峡谷两侧村民的生活里，一条凌空而架的"渡船"横空出世，滑过去，再滑过来，摆渡村民的岁月。

现在回味弟弟那天在电话里那种兴奋自豪的语气，我能体会弟弟激动的心情，那钢绳上有他的体温和指纹，钢丝绳从拉丝机里出来的时候，每寸钢绳都有他的目光倾入。一个普通工人看到自己的劳动汗水滴进工农业生产建设和改善民众生活的激流里，尤其用于制造中国的第一艘航母，那种自豪感不言而喻。

后来，弟弟告诉我，专门用于各种索道建设的钢绳也叫密封钢丝绳，不过，技术规格要比航母用绳低一些。20世纪70年代末，钢丝绳车间的工艺工程师郑仕图是密封钢丝绳的首发研制者。1980年宁夏日报社记者白雨田报道了密封钢丝绳研制成功的情况。郑仕图结合生产实际，带领技术攻关小组的工程技术人员创造性地将钢丝冷轧工艺、光学曲线磨床精加工和返修精磨轧辊新工艺结合在一起，经过反复实验，进一步完善了工艺改制和生产流程，大幅度地提高了生产质量和产量。研制实验成功，这项改革密封钢丝绳生产工艺的科研成果，改变了我国密封钢丝绳长期以来依靠进口的局面。另外，郑仕图在钢丝绳理论应力分析方面也有深入研究，填补了我国金属制品技术理论的一项空白。

后来，我与弟弟通电话，说出我对金沙江畔峡谷悬崖上的空中索道的联想，他说："我们厂生产这种特殊的钢丝绳，实际上，对于我们普通工人来说，一根钢绳是在摆渡自己，也是在摆渡别人。"弟弟1985年技校毕业，被分配在石嘴山钢铁厂，一直在一线做拉丝工。他每天的工作就是紧紧盯着像红头绳一样的钢丝从拉丝机里出来，这是个特别精细、严密、枯燥且危险的活儿，劳动强度大，一天工作结束，满身都是油污。

20世纪90年代经济转型以后，石嘴山钢铁厂经过几次改制，厂名不断更换，时下叫宁夏恒力钢铁集团有限公司。新生代年轻人叫起"恒力"了，但老石嘴山人还是亲切地简称为钢厂。这不是简单的名字符号，而是一种与生存连接在一起的情思。我给文章取名《钢铁年代》是借用了诗人邱新荣诗作：

　　钢铁年代
　　的确有自己的辉煌

尽管有人弄乱了它

弄得杂乱无法

但劳动者的专注却是不打折扣的

有责任心

也有盼一炉洪流的期望

钢铁年代上马下马

但最终保持了正宗的模样

从岁月中款款走过后

它拥有着自己雪亮的钢

而且一直声名响亮

从钢铁年代穿插而过

或就站在它身旁

可以体味或观察一些正确或荒唐

我们土地上的钢水却是真诚的

火热且闪闪发光

它的产品没有朽坏在糟糕的时间

而是以严正的姿势

横跨在许多铁路桥梁

它使我们的土地酝酿了更现代的目光

去反思无益的急躁

而后遵循规律的爽朗

　　90年代，钢厂科研人员在攻关一项具有世界领先水平的柔性抽油杆项目，用于石油开采，被称为"世界采油史上的一次革命"，但由于工厂几经改制，人心涣散，中途放弃了，没有成功，实在遗憾。那是钢厂最红火也是最艰难的时候。一个大型的钢铁厂，只有不断研发新产品，才能在市场经济中站稳脚跟。科研人员没有稳定的工作环境，怎么会安心坐在实验室里，久而久之研发研制的能力和动力明显减弱了。厂子还在继续吃着老一辈人创造的密封钢丝绳的技术老本。钢厂改制的时候，许多技术工人"孔雀东南飞"，寻求新的出路去了。弟弟没有动窝，守着工厂。那一年，我父亲病重在北京住院治疗，弟弟去陪护，因此耽误了中层干部的选拔时机。后来，他经过自己的努力，干到了密封钢丝绳车间调度的岗位，再干两年，就要退休了。一个工人，在工厂干了一辈子，能对工厂没有感情吗？他看到工厂为宁夏增了光，为祖国出了力，能不激动吗？

四矿农场到了

　　20 世纪 80 年代初，我在石嘴山市郊区新华书店工作，每年国庆节过后，我和冯明臣背着年画样张，骑着自行车去郊区所辖公社（最早叫惠农，也叫马家湾子）的乡村供销社去订年画。这些村子有宝马、下营子、上营子、聚宝、庙台、燕子墩、燕窝池、西永固、东永固、尾闸、头闸、礼和……在相当长的时间里，这些地名在我的思想中晃动，我就想以这些地名为题写一系列散文，因为咀嚼这些地名，予我以无限的想象。我以为，这些地名与明清时期的移民大迁徙有关，潜藏着不为人知的故事；这些地名与戍边有关，有着美丽的传说；这些地名与"母亲河"有关，让我望见了春水潺潺，嗅到了麦香……啊，这些地名还与生态有关，有着湿地的情怀，鲜花芬芳，鸟儿欢歌，震荡耳鼓。这些地名像老朋友一样常常与我亲切交谈。书写这些地名故事就像挖掘一座金矿，定然是一种新鲜的写作体验。

　　人生的际遇有着想不到的奇妙，让我在少年时代与四矿农场发生了交集。

　　现在，我坐 3 路公交车去上班。公交车上的语音在报站："下一站是四矿农场，请下车的乘客提前按门铃。"

　　蓦然，我撞见了少年时代的自己，那些时光就定格在这里。那时，大武口那么小，只有一条街，贺兰山路还没有命名，城市的格局还没有形成，随意溜达几步就可以到郊外去踏青。那青，是四矿农场一望无边的田野。麦浪翻卷，雨天走不完的泥泞，深秋望不尽的金黄，淹没了少年的心。一条小路引着少年去洗煤厂中学上学，路两边，一边是麦田，一边是黄灿灿的向日葵。放学回家，望着建设中的银北军分区办公大楼的脚手架，上了引黄扬水站大坝，下个小坡，往右略微拐几步，两个巨大的水泥门墩跃入眼帘，这就是四矿农场的大门。日出日落，少年在这个大门进进出出，留下了深深浅浅的记忆。

那个年代，机关、厂矿企业、军队、学校大都有农场。农场是单位的生活基地，有了自家的农场，便利解决职工家属就业。打开记忆的仓库，老去的时光味十分浓郁。那时，副食品供应不足，孩子营养不良，难坏了母亲们。但一切营养品在农场都能找到。回来吧！那些旧时光。父辈们开垦荒地，耕耘着生活的年景，扛着劳动的收成，走在过往的田间小路上。

半个多世纪过去了，四矿农场的绿色阡陌已经被黄河路和青山南街两旁的商铺以及高层居民楼所覆盖。麦草的清香变成了汽车尾气及化妆品的味道。岁月有了眼袋，并且已经垂下。我行走在青山南街，想着四矿农场的绿色田野，和伙伴们精勾子在扬水站的水渠里学游泳。水波荡漾，给我一支音色丰富的牧笛，又给我一支色彩斑斓的画笔，在记忆的素宣上描绘着远去的景致。大门左侧的那个仓库，是全场唯一可以接自来水的地方，场部的那排平房，是下乡知青的居住点。矿工家属分散居住在场部的东西两面。家属区四周是广袤的农田。大门的正南面有一片足球场大的空地，往前走就是部队家属借住的五六栋土坯房。我骤然觉得，与我一起在这里长大的部队子弟们此时听见了我的心声，呼之欲出，次第拉开屋门，走出各自的土坯房，和我一起说着少年的往事。我一一呼唤着他们的名字。房子是东西朝向的。有一栋房子在右边独立出来，是四矿农场的卫生所。我父亲是随属军医，就在卫生所工作。周末的晚上，部队宣传队来这里放露天电影。卫生所门前有一棵茂盛的沙枣树。每当放电影的时候，就有小伙伴抢先爬到树上，坐在树杈上看电影。有一次放电影《奇袭》，放到侦查小分队化装成李伪军伤兵，夺取了一辆吉普在向康平桥行驶时，坐在树上的孩子急不可耐，大声说："美国大老板又给了一批，回去就换。"孩子说得有些激动，动作有些毛糙，就从树上掉下来了。这是 60 年前的电影。那个年代，只有那么几部电影，每年每月反复放映，电影中的经典台词几乎人人都会说。

令我陶醉的是绿色深处的琅琅读书声。小学校被一片小树林环绕着。那是少年时光中浓墨重彩的记忆。矿工家属住的房子都是土坯房，只有小学校的房子是一砖到顶的。红瓦红砖，很结实。往南，有一条土路，穿过一片田地，就是石炭井综合工程处的农场了。我回望着四矿农场昔日的图景，像在阅读连环画一样。只可惜，我没有绘画才能，否则，我也学《繁花》的作者金宇澄，给自己的文字配上图画，那该多好。

我十分喜欢有烟火味的市井生活。在闲聊中，常听人们谈到大武口近年来的人口流失情况。大武口是移民城市，这些年，煤炭资源枯竭，煤城不再有吸引力。在城市转型期，流失人口中有很多是老一代矿工，他们退休后，举家迁回了原籍。

现在，我认识的矿工子弟天各一方。我第一次对"矿工"这个职业的认识是在四矿农场。有一个河南籍的同学，他爸爸是劳动模范，井巷冒顶，他把生的希望留给工友，自己殿后，来不及脱身，遇难身亡。这个同学以前特别活泼爱玩，爸爸牺牲后，他的话越来越少。有一次他带我去他家玩。一进门，我看到墙上贴满了各种奖状。他指着贴在奖状中间的照片，说："这是我爸爸。"奖状簇拥着他爸爸的笑容。他爸爸望着我这个小客人，目光给我留下不灭的记忆。他爸爸就是以这样的注目方式，瞅着自己的儿子一天一天长大。初中毕业以后，他就接替了他爸爸的工作，到矿上上班了。后来，我喜欢上写作，特别想写矿工，多次想到800米深处看看"地下的太阳"，还曾经写过一篇小散文，名为《太阳城》。

学校的名字叫朝阳小学。教我们的老师姓单，数学、语文、常识都教。上语文课时他不讲课文，用河南普通话给我们读小说《高玉宝》。单老师读小说读得上瘾，我们也爱听。读完《高玉宝》，他又读《闪闪的红星》。单老师读着读着，唾沫就溢出嘴角。他拿出一块白色的手绢擦一下嘴角，接着读下去，常常忘记了下课。校长摇着下课的铜铃，走过教室。单老师瞥了一眼窗外，说："把这段读完。"校长就特意在窗台前多摇几声铜铃。

部队家属借住在四矿农场，我家从甘肃临夏搬来，就住在四矿农场西边倒数第三排。后面两排原先住着知青，因为下雨房子漏水，知青就搬到大门口的房子里了。有一年连下七天七夜秋雨，最后的一排房子在雨中倒塌了。晚上，父母不睡，听着雨声，观察动静。把雨伞、雨布和雨靴放在我们身边，让我们兄妹去睡，但不能脱衣裳。一有异常，父母就赶紧叫醒我们，我们拿着雨伞、雨布和雨靴往外跑。在雨声中，我们演习过两次。幸运的是我家住的房子虽摇摇欲坠，但终归没有倒塌。

很快，母亲站在田埂上，向我招手了。母亲在四矿农场找到一份农工的工作，和矿工家属们一起在田间劳作。春天，麦苗出来了，我与伙伴们争辩麦子和韭菜的区别。站在麦田里，很容易认识麦子的长相，而离开麦田，单独认麦子和韭菜，我时常就认错了。后来，母亲说，韭菜是蓄根的，只要栽在地里，有水有肥，就年年长，麦子要年年播种。

四矿农场的天又高又远又蓝，阳光耀眼，大地碧绿。水渠、沙丘、蒿草都是野生状态，没有人工痕迹。在5月，最辛苦的是给麦田打农药。一连数日，母亲背着沉重的喷雾器，一步一步来回反复在麦田里穿行。

麦子从扬花、抽穗、灌浆到收获，都有母亲和矿工家属们辛勤的劳作。收割以后的麦田身心轻松，疲倦地躺在人们的视野里。母亲则要领着我们兄妹四人去拾麦穗，一寸一寸地梳理土地上遗留的收成。而我却不看脚下的麦穗，去尽情地逮蚂蚱。母亲就想出一个奖励的办法，数麦穗，谁拾得多，回家才准吃雪白的大馒头。母亲教给我稼穑，四矿农场留给我少年记忆，任何时候想起来，都温暖如春，在心里闪闪发亮。

自来水是定时供应的，每天早、中、晚，全场职工家属在唯一可以接水的地方排起了长龙般的队伍。水桶叮当响，人们寒暄着，说笑着，慢慢往前移动。接水的人多，等的时间长，父亲就让我们排队，他感觉时间差不多了，就提着扁担来担水。后来，父亲把扁担的绳子缠短，让我学着担水。开始是半桶，摇摇摆摆，走到家时水都洒光了。父亲说："没关系，你肩膀还嫩，腿软，先担半桶，多锻炼几次，就能担了。"我半桶半桶担，摇摇晃晃锻炼了几天，果然就能担动满桶水了，稳稳当当地走路，水洒不到地上，欣欣然从人们眼前走过。后来，父亲又让大妹去学担水。扁担压着她的肩头，两个大水桶在她脚前脚后摇摆着，我在旁边护送，总在想：妹妹，你的肩膀硬起来吧。

接水的人多，有的人等不及了，就毫无理由地加塞插队，就会发生吃水风波，就会爆发争吵。不知为什么，许多美好的事情我都记不清了，却不知不觉地想起那次打架的场景。那个中年女人远远地提着水桶直奔水房，把她的水桶放在水龙头下，挤倒了正在接水的一个小男孩的水桶。水哗哗地冲击着铁皮桶的桶底，发出噼噼啪啪的响声。男孩说："阿姨，你怎么不排队，该我接了。"中年女人拿眼睛剜了小男孩一眼。那眼睛好像在说："老娘接水，你管得着吗？"排在小男孩后面的一个中年男人大声说："到后边排队去。"他走上前，把女人的水桶提开，换上小男孩的水桶。女人当然不愿意，又换过来。男人一脚把女人的水桶踢开，水桶顺着台阶滚远了。女人扑上来，照着男人的脸就挠了一下，两道血印在男人脸上映现。男人推了一把女人，骂道："臭娘们，你疯了。"女人扑上来还想再挠一把，男人一脚把女人踹倒了，脱下鞋子，骑在女人身上，照着女人的屁股就抽打起来。人们围观打架，忘了接水，水从水桶里溢出来，哗哗地流掉了。人们似乎感到不过瘾，说笑着，迟迟地缓慢地散开，丢下那个女人。没有人去帮她。她不起来，是羞辱？还是尊严顿失？

在我的记忆中，那个年代是无序的年代，是"打架"的年代。那时，热闹的去处就是打架、骂架的场面。夫妻之间打架，邻里之间打架，同事之间打架。去电影院买票，时常能看到一场打架。少年的我，知道拳头说话的厉害，有一段时间还去学武术。我目睹过无数次打架，大都忘记了，唯有这次打架打痛了我的心。今天，我写下这件事情，深深地领悟到人们不会把同情心给予破坏秩序的人，但是人身上的暴力之恶为什么突然之间就会爆发。我不能怨自己生不逢时。降生在这个时代，就是与这个时代的天地结缘。时间的灰尘可以拂去，但时代的烙印难以抹平。剩下的日子不需要倾诉，而需要倾听，倾听时间说什么。历史的性格有着自己独特的交织点，刚好走到这个时段，让那个年代的孩子嗅到了血腥味，听到了武斗的枪声，感到了生活的残忍。理性、饶恕、宽容、悲悯和人性教育统统失去了色彩。人死以后，大概羞辱感和尊严也就没有了。

在以后的岁月中，我时常徘徊在对读书的渴望与生存的艰辛之间，我逐渐发现，对秩序的热爱，对人性的改变，是我读书的目的。

人生处处有风景，只有映照心灵的风景，才令人难忘。难忘是沉重的还是轻盈的，是欢乐的还是忧伤的，取决于个人的生命体验。记忆属于自己，把记忆留下来也是自己的事情。留存是为了反思。回忆生活过的地方、经历过的人和事，给予我什么样的生活理想显得十分重要。最近几年，每当我写作的时候，我觉察到我与这个地方的联系，存在一种道德感和伦理关系，我才肯倾听笔触的声音。城市在向前走，有时我却乐意回头看那些曾经的岁月，说说那些具有年代感的人和事，回味一下不可挽留的流逝。一个地名消逝了，一些人和事也走远了。公交车站为生活保留了那些老地名，是让前行的日子不要走得太快。我记得第一次去北京坐地铁，在一个叫"公主坟"的站点下车。我自问：公主坟，是哪朝哪代的公主呢？我又寻思，每座城市都有自己的记忆，一些记忆就书写在公交车站的站牌上。一代一代人就这样坐在岁月的车上，走到自己该下车的站点。

星海湖往事

星海湖是贺兰山脚下一颗璀璨的明珠。然而,今天的人们对星海湖的往事知多少呢?且看诗人邱新荣眼中的星海湖。

闪闪星海湖

这是一片无法否定的水面

因为它会一直星光闪闪

贺兰山的雨雪会栖居在这里

特别是夏天 夏天

天空中的雷声愿意从这里滚过

用自己的潮湿滋润这片水面

属于故事的那部分

可以留给明天

明天 更加理智的人们

会怀念自己的祖先如何抵御干旱

生存和活着依旧是个命题

从来都不是旁观者的评点

和与此无关的冷漠那样简单

这里是星海湖

阳光下　一闪一闪

它知道一座城市和它的人民

有着最基本的期盼

所有的日子都是需要水的

特别是那绿色的蔓延

而不是那种沮丧的抱怨

更不是虚假的呐喊

一面湖走来的历程

永远不像人们想象的那样平坦

泪在这里流过

坎坷立起来　超过大山

星海湖平静地存在着

是一个城市舒展的眉眼

它知道自己是不能抹去的

消灭一面湖

是留给未来最不光彩的遗憾

只要有滚滚人流存在

只要有倔强的贺兰山

它是有恐慌的

怕曾经的恶臭再次浮现

怕杂草盖上自己的双眼

就像千百年前的水声荡漾后它被丢弃

在荒芜的岁月中慢慢枯干

然后发臭

臭气冲天

诗人描述的是星海湖的前世与今生。

岂不知，在"星海湖"这个晶莹闪光、优雅诗意的名字还没有命名之前，大武口的人们随意叫她三湖，又叫北沙湖，也有人以黑三角相称，因为这里是臭气熏天、垃圾成堆的滞洪区，是城市的污染源头。

她曾经是用沙漠般的黄色标识的地方。她躺在贺兰山下，是山的眼睛，水汪汪。贺兰山是原始先民用最简陋的工具把生命的线条凿在岩石上的山。"贺兰"，在蒙语中是骏马的意思。奔腾的骏马凝固在历史的长河里。

有了水，山就有了温情，远方来的客人，嘴唇再不会干裂。

常言道："靠山吃山，靠水吃水。"山里丰富的煤炭资源造就了石嘴山市。开发者深情地称呼出煤的地方为"太阳升起的地方"，对这一泓碧水并没有引起足够的关注。她最初是贺兰山的泄洪区。贺兰山著名的归德沟、韭菜沟、大磴沟的涓涓山泉缠绕脚下，夏天雨季，山洪汇集，都注入了这片低洼水域。

以前，本地的人不吃鱼，外来移民问他们水里有鱼吗，他们茫然摇头。水面摇曳出一片一片光波，谁也不知深浅。有胆大的下水游泳，问有没有鱼碰到身上，也摇头。一天，有三个愣小伙，将酒瓶塞满炸药，抛进水里，轰隆一声掀起楼房一般高的水柱。

水柱哗哗落下，平静了片刻，水面上白花花一片，肥大的鱼，翘起了肚皮，漂在水面上。这是一个改善生活的重大发现。人们找相关水产养殖研究所的专家作了水样化验，称赞这里的水质很好，是一个天然鱼湖。石炭井四矿农场首次买了300多万条鱼苗投进湖里。于是人们开始叫这片水面为鱼湖。

沙漠包围着鱼湖，湖中有几处高高的沙丘，像小岛一样拱起。湖的四周零星地站立着几棵苍老的沙枣树，青青的芦苇在风中飘摇，柔软的样子让人怜悯。有零星水鸟从苇丛中游弋而出，向光波的深处滑翔，是那么孤独。这里毕竟有一川风絮，水鸟漫游，给鱼湖增添了无限的妩媚，放眼大漠风光就更加赏心悦目了。

湖水辽阔，有3000余亩，养鱼人就按湖中沙丘的方向，将东南北排列为1号湖、2号湖、3号湖。于是，"三湖"这个名字就这样氤氲在人们的唇齿间。

城市边沿有了湖，夏天就有人来玩水。人们说，把这里开发成旅游区，那该多好啊。

这事要从1976年暴发山洪说起。那年10月，连续下了七天七夜大雨，山洪如脱缰之马奔腾而下，三湖容不下这么大的水量，水四溢而走，洪水将湖里的鱼全冲走了，马路上、农田里、荒滩上遍地都是活蹦乱跳的鱼。平罗火车站被淹，贺兰山脚下一片汪洋。雨没有停歇的意愿，平罗县城告急。谁能预料，干旱地区会有百年不遇的水患。

1994年夏天，又一次洪水来袭，淹没了许多农田、村庄和铁路。

每逢暴雨，山洪必来，这是大武口人难以磨灭的记忆。

石嘴山市的地势西高东低，这个地方自古以来就是一个季节湖，形成滞洪区。只不过，建国以前，这里是荒漠地区，人烟稀少，洪水下来，肆意横流，没有危险，就无人关注水的去向。

连年的洪水泛滥，引起决策者的警惕，洪水的归宿在哪里？不能让它泛滥成灾，也不能让它自然消失在沿途的沙漠之中。它的归宿在三湖里，要让它平静地进入三湖，过安逸的日子。于是，开发三湖就提到城市发展的议事日程上来。从那时开始，几十年来，开发治理保护三湖的浩大工程就没有中断过。

2000 年，改名为星海湖。

2003 年 8 月，星海湖疏浚整治工程拉开了帷幕。到了冬季，工程进度越来越慢，市政府请求兰州军区派部队援建。2003 年 12 月 7 日夜晚，一支由 500 多辆（台）大型运输车、工程机械车辆和 400 多名工程兵指战员组成的绿色铁流，开进了星海湖扩建工程工地，拉开了军民共建星海湖的序幕。经过解放军 73 天艰苦卓绝的奋战，星海湖湿地疏浚整治工程胜利完工，创造了石嘴山建设山水园林城市一个新的速度。

星海湖整治工程竣工后，分东域、中域、南域 3 个水域，总库容水量达 6200 万立方米。2006 年 7 月 14、15 日，全市连降两天大暴雨，贺兰山 8 条山洪沟奔涌而下的 1350 万立方米洪水从容流入星海湖腹中。星海湖东面的农舍安然无恙，平罗县安然无恙。

同时，工农大渠修好，黄河水与湖区相连，使星海湖成为活水湖，成为泄洪的自然安全阀。这项成功的水利建设工程，不仅有利于农业灌溉，而且改变了生态环境，保护了水资源，旅游资源得到开发。

植树造林是千秋之功。8000 多棵树，上万棵红柳，挡住了风沙的进攻，建设者移植了河北荷花淀的芦苇，使湖中的沙丘不能随风而动，形成沙中有水、水中有沙的独特景致。芦苇丛里的鸟越聚越多，鱼跃浅底，鸟翔天空，这里成为鱼和鸟的天堂。

石嘴山人换沙漠般的黄色标识为翡翠般的绿色标识。这个标识也许没有黄龙、九寨沟的"海子"那样多姿多彩，但是，谁又能断定在与苍凉的自然环境相守的历程中，粗犷不能搂抱一下轻柔的杨柳细腰呢？苍山如铁，黄沙如金，蓝天如洗，碧水如镜，绿树如茵，苇絮如雪。识山，识沙，识水，与大自然枯荣与共，这是有湖泊的地方的人领略不到的自然风情。

2007年7月31日，在中国人民解放军建军80周年前夕，《石嘴山日报》刊发了通讯《石嘴山不会忘记——子弟兵援建星海湖纪实》，文章开头写道：

> 贺兰山下有一个碧波荡漾的星海湖。
>
> 这个湖凝聚着军民共建的深情厚谊。
>
> 这个湖是由昔日污水横流、蚊蝇肆虐的泄洪区和沼泽地疏浚整治后形成的。
>
> 这是一个抢救湿地湖泊的工程；
>
> 这是一个改造治理泄洪区的工程；
>
> 这是一个为了恢复本来面目的工程；
>
> 这是一个化腐朽为神奇的工程；
>
> 这是一个为了打造更加优良生存环境的工程；
>
> 这是一个还人民群众更清新、更美丽家园的工程。
>
> 这个湖有许多军爱民、民拥军的故事值得讲述。

白芨沟印象记

　　白芨沟煤矿地处贺兰山深处，离我们很遥远，但曾经与我们的生活很贴近。在过去的年代，谁家做饭取暖能离开煤呢？有了天然气和暖气以后，人们对煤渐渐疏远，渐渐淡忘，似乎只有矿工与煤的感情割舍不开。殊不知，矿工对国家的贡献是无法估量的。

　　20世纪90年代，随着煤炭市场价格放开和国家对统配煤矿补贴的取消，煤炭企业走入低谷，加之煤炭资源枯竭、空气污染等生态环境问题突出，白芨沟成为国家首批资源枯竭关停转型矿山试点之一。

　　这个时候，我坐绿皮火车去白芨沟，在白芨沟煤矿的街中心坐了5天。我是来招生的。教师走向街头靠三寸不烂之舌像商人一样招揽生源，这大概是经济转型期的一道风景。经济转型对各行各业都有冲击，对矿山的冲击尤为严峻。行人用异样的目光瞅着我，我用期盼的心情读行人的目光，有一种怅然与无言在默默交流着。谁能不去接受这个存在呢？但谁都不愿主动打碎这个沉寂的陶罐，剪断这个敏感的神经。你可以不去选择，但你不得不承认升学等于就业这个恒等式关系的转变。

　　为此，我才被冷落在街中心。说是街，只是一个丁字路口，丁字的衔接处是白芨沟的机关大楼，路口站着一位警察，没有喧闹的市声；说是街，却只有零星的楼房建在山坡上，马路是一道漫漫长坡，行人安然，自行车在这里无用武之地，多是行驶如梭的摩托车。

这里有一个大商场，但店堂冷清，营业员在聊天。个体餐馆沿路排列，但进餐的人少，小老板们坐在门前打扑克。太阳落山了，小老板们收拾了牌局，开始准备夜晚的生意。一会儿，猜拳行令的声音从各个餐馆的门窗里飘出来，回荡在夜空，此起彼伏。矿工手头宽裕时，餐饮是比较火爆的。终于，我与矿工们有了交流。当我反复讲述我们学校的师资力量、专业设置、教学条件以及优惠政策时，矿工们也给我讲述他们的困境，许多家长叹息对不起孩子。我望着他们忧郁的眼睛，还能说什么呢。改革的阵痛，是国人共知的。国家要有所发展，就必须经历这一阵痛，承受这一阵痛的工人又以国有企业的煤炭工人为主。工人们选择了忍耐，选择了牺牲。他们晓得，不改革矿山是没有出路的。

我注意到街上闲逛的年轻人极少，不像都市里随处可见三五成群的少男少女在街上溜达。我疑惑青年的去向。这里有一个灯光球场，有一个夜市，到了晚上，才见青年们矫健的身影活跃在球场上，才见青年朋友围坐在啤酒摊上消遣一天最安详的时光。矿山生活是平静的，也是沉重的。我看着苍山肃穆的面庞，隐隐约约觉得群山就是青年。白天，他们在3000米深处消耗体力，所以，街上没有青年的身影。而街上没有流行的发型，没有青年喜欢的时尚，就少了一道风景，就缺了不少活力。事实上，街上没有青年就无街可逛了。家庭主妇的日子总是行色匆匆，到菜市场去采购生活的美味。激情与浪漫应该还给青年。

我又注意到，每天随着太阳的东升西落，马路两旁楼下的阴影处聚集着一群聊天的老工人。他们早晨聚集在马路东面，下午就移到马路西边，像上班一样准时，马路像他们曾经日夜穿行的巷道，阴影处像他们曾经熟悉的掌子面，他们只是劳动之余扎堆谈天说地，讲讲笑话。听口音，有河南人、安徽人、陕西人，还有东北人；听经历，他们是矿山的第一批建设者。岁月远去，乡音未改，矿山是他们的第二故乡。谁敢低估煤炭工业在宁夏建设发展中占据的分量和位置呢？矿山年产原煤量的统计数字，谁又说不是他们生命的积累与结晶呢？我是局外人，不知采掘队平均每人一天挖多少煤，但我知道这些老工人把自己的生命交给煤，把自己的青春交给矿井，后来，把自己的后代交给宁夏。他们说话时有乡音，那是对故里的怀念。其实，出生地并不那么重要，那只是对遥远故乡的一丝记忆，重要的是宁夏的山水，贺兰山的朔风汲取了他们生命的情感和血脉。他们用双手托起太阳，创造了昨天的辉煌，开拓了一个时代。现在，他们老了，国家把矿工们整体搬迁到大武口南沙窝，他们走出大山，在这里安度晚年。

在社会转型关头，站在新时代看沧桑历史，不怜悯，记取创业的艰难；不守旧，面向未来，砥砺前行。建设时期，老一辈人付出了，矿山就是他们的雕像。从旧体制向新体制过渡变化，更要付出艰辛与代价，这往往需要一代人甚至几代人的付出。世纪交替的巨大跫音给矿工的震动要远远大于城市里坐办公室的人，但矿工们没有向命运低头，我从矿山宁静而沸腾的神态中看到了这一点。听他们的谈吐，看他们的目光，我也看到矿工们身上焕发出的时代精神与光彩，他们以乐观的态度面对发生在身边的一切变化。

黑金地上的人们

——重读张玉秋的纪实小说《贺兰山深处》

一

　　20世纪中叶，全国各地支援大西北建设的10万工业移民汇集贺兰山腹地的石炭井百里矿区。现在，那些在3000米深处幽暗的巷道和掌子面里工作的矿工从我市作家张玉秋的小说《贺兰山深处》走来。煤矿工人一颗颗火热的心，焕发出人性的光辉，他们敢恨敢爱，疾恶如仇。他们居住在地窖子里，喝苦涩的"一碗泉"水，在矿山的卫生所，在洗澡堂里，在矿灯房……他们的籍贯叫天南海北，60多年过去了，人们可能忘记了他们，他们的名字是张绍光、王耀祖、王大海、一只眼、老油条、邢玉宝、李亚光、李忠明及他们的家属黄云萍、沈丹凤、韩国英、心蕊……

　　贺兰山横亘在茫茫天地间，千万年来以冷峻的目光审视着人类的生活。农耕时代，这是一座金戈铁马、长剑霹雳的动荡的军事山脉。20世纪50年代末，地质学家打量贺兰山，发现贺兰山是一条经济山脉。

　　60多年过去了，社会发生了巨大的变化，石炭井的煤炭资源已经枯竭。而这些常年守护贺兰山的矿工已经成为大山的灵魂。张玉秋在纪实小说《贺兰山深处》中表达了他们的喜怒哀乐。小说朴素的文字已经脱离了物理层面上的媒介事实，是幽暗的 3000 米深处的巷道和掌子面，是一场矿难中亲人撕心裂肺的哭泣，是他们敢恨敢爱的情感生活。"石炭井"三个字曾经是我们这座城市最辉煌的称谓，是我们这座曾叫作煤城的城市难以释怀的风景。张玉秋以纪实的笔触将读者带进那个如火如荼的沸腾的年代。

读《贺兰山深处》，激情燃烧的岁月击打着我的心，矿山的命运牵制着张绍光、王耀祖、李文翰、陈永林等人的命运。《贺兰山深处》是一部生活质感厚重的纪实性小说，不惊心动魄，但矿工的日常生活情怀像日出日落一样，让我们回到那个特定的年代。历史是不能虚构的，轻飘的艺术世界中有沉重的回忆，这是作家的担当。作为后来人，没有必要重复父辈们的经历，但是，必须要有一颗感受苦难的心灵。

一段历史停留在岁月的深处，经过三代人，如果没有文字，没有文字的历史，肯定会被后人忘记，这就彰显出作家的责任。小说家用形象和情感重新铸造了这段历史，让历史的画卷在读者眼前展开，让历史的回响敲击读者的耳畔，绘声绘色，栩栩如生。

二

张鸿儒是贯穿小说始终的线索性人物。小说的尾声借张鸿儒的心理感受直言："送走李亚光后，张鸿儒心情很沉闷。在石炭井建矿开拓者的队伍当中，他第一个认识的人就是李亚光，最后送走的人也是李亚光。参加李亚光的葬礼他没哭，就是心里憋闷，他感到，宁夏第一代煤矿建设者们已经逐渐淡出了人们的视线。"

作家用独特的艺术目光审视历史，使看不见的往事被看见。一个作家呈现给读者的文学世界是什么样的图景，不仅要看作家对社会的担当，还要看他的文学立场，这两点，张玉秋在《贺兰山深处》里都做到了。小说真实地还原了矿工的生活。当下，文学观念、文学审美发生了变化，张玉秋坚持用现实主义创作原则，挖掘岁月记忆中的历史矿藏，写小人物在矿山建设中的贡献及他们的命运，丰富文学画廊，的确已经少见了。纵观文学大师的优秀作品，无不是以写小人物著称的。矿工不但生活在底层，而且生活在黑暗中。就是这些为生存拼命挖煤的矿工，就是这些一旦出现矿难就会被全部"包饺子"的矿工，他们的人性之美、人情之美却焕发出耀眼的光芒。看到矿工们以"逍遥派"的姿态对待特殊的命运，以调侃的语调对待"造反派"对张绍光和王耀祖的批判，看到那两个分别少了半截腿、缺了一只手的老哥俩洗澡搓背时互相补充不足，无不让人落泪。让我们来欣赏这个感人的细节：

　　一只手脸朝下展展地趴在水池沿子上。半截腿仔细为他搓澡。后背搓完，翻过身搓前胸。两个人很少说话，半截腿搓到什么位置，一只手会恰到好处地配合。

　　一只手搓完以后，入水，冲去身上的污垢。半截腿趴在水池沿子上，一只手牙齿做配合，将毛巾牢牢裹在那只残缺不全的手上，给半截腿搓澡。依旧是一丝不苟，依旧是配合默契。

　　池子边上的人没有人说话，默默看着这老哥俩洗澡。张鸿儒觉得心头有股热浪一蹿一蹿的，他想对这老哥俩说些什么感慨的话，胸口仿佛被什么东西堵着，一个字也说不出来。他斜眼看了一眼老油条，他的眼睛里泪光闪烁。

　　张鸿儒很惊愕地望着他俩，他不认识一只手和半截腿，可是他知道，这两个人一定有着不为人知的痛苦经历。从这两个人的表情上，却看不出一丝的窘困和凄苦，似乎这个世界对他们来说，原本就应该是这样的。

"原本就应该是这样的"，张玉秋的笔锋写出了黑暗中的光亮，写出了苦难中的爱恋，写出了地狱中的天堂，写出了丑陋中的美丽，写出了冷漠中的温暖，哀而不伤，没有颓废，没有绝望。

三

《贺兰山深处》的结构浑然一体，11 个章节又独立成篇，一个人物一个完整的故事，可以作为短篇欣赏。故事情节环环相扣，人物命运前后呼应，尤其是李文瀚与沈丹凤，王大海、邢玉宝、李亚光与陶桦、韩国英的爱情故事扣人心弦。矿工的爱坦率炽烈，没有杂质，像黑金子一样纯。矿工的爱特别，是生命的托付，这种坦诚与信任只有矿工有。观照矿工的爱情故事，可以净化心灵。矿山的女人妩媚，能读到女人妩媚的男人，就懂得欣赏女人，会欣赏就知晓爱的内涵，会欣赏就会爱护女人。李文瀚做到了，李亚光对黄云萍，邢玉宝、李亚光对陶桦、韩国英都做得催人泪下。

矿山也是一个复杂的社会，有人陷害"阎王矿长"王耀祖，李亚光挺身而出，为矿长查明真相。在"特殊年代"，对待王耀祖和张绍光的态度，就是对待矿山未来的态度。矿工们对待"折腾"是冷漠的，但对矿长的爱戴却是炽热的。矿长王耀祖会管理，抓生产、抓安全，爱护矿工的生命，是矿工的兄弟。王耀祖抓安全管理有股狠劲，矿工们亲切地称他为"阎王矿长"。阳光、水、空气，是维持人生命的三要素，更是矿工最大的奢望，王耀祖想尽办法把这三样需要都给了矿工，这不是矿工的福星吗？他们知道张绍光医术高明，大公无私，关心矿工的生活，为了让矿工能多喝一滴水，他不给自己的孩子分甜水。他的女儿问他："爸，你不心疼你自己的女儿吗？"他怎么能不心疼呢？但是水太少了，分不过来啊。王耀祖和张绍光是矿山的脊梁，他们不能遭殃。于是，在批斗王耀祖的大会上，韩国英很有意味的批判受到矿工们的鼓掌。

故事从1959年冬天写起，到21世纪初结束，时间跨度近半个世纪。张鸿儒从一个小孩子到16岁下井当掘井工，再到上大学回到矿山看到矿山重组，他是矿山开发建设、衰落荒芜的见证人。他以孩子的目光认识"特殊年代"，以少年的目光认识矿工的生命价值，以大学生的目光认识改革开放，认识矿山的过去。他站在历史与未来之间，认识父辈们的艰辛创业，认识明天的矿山。父辈中老油条成为作家，张鸿儒自己也写了关于矿工生活的书，他们都成为矿山和矿工的代言人。他们都离开了矿山，临走时，他们站在山巅上，深情地眺望矿山，矿山又恢复了半个世纪开发前的沉寂状态。张鸿儒对老油条说："我总觉得，我们不应该忘记这里，这里埋葬了我们的青春和理想。"

平静的矿山无语。

四

张玉秋是石嘴山市很有创作实力的作家。我以为应该把《贺兰山深处》与他的另一部小说《家事》当作姊妹篇来欣赏，才能完整地透视作家的创作意图，即作家引领读者追问历史。《贺兰山深处》与《家事》有着血脉上的联系，张鸿儒就是《家事》张家的后人。小说的背景是20世纪六七十年代，正是一代人在荒芜的年代成长的时期。煤炭是不可再生资源，资源枯竭了，矿山的意义就不存在了。老一辈对矿山的贡献，也许很快会被后人忘记。小说最值得人思索的是矿工们的死亡。"死亡是文学的永恒主题。"司马迁的泰山鸿毛论，说的就是死亡的价值。山坡上的一座座坟茔在小说里象征历史的记忆。可是矿工家属黄云萍死于煤气中毒，矿山的第一座坟墓是女人的，这是让人心碎的叙述。那个年代艰苦的生活可见一斑了。"矿难"不管怎样讲述，都触摸不到矿工内心深处的创伤。这时，文学就站在了时代的前沿。"文学是时代的心声，根源在于作家、读者、题材具有时代性。"文学发现的是人的生存状态、人的声音，而个人的心声也是时代的心声。作家在《贺兰山深处》中找到了属于自己真正的声音，流淌着《家事》的血脉，建立自己的创作体系和思想体系，这正是作家走向成熟的标志。

小说中有两处情节对读者的日常经验是一个颠覆。一处是井下发生安全事故，16名矿工遇难。采煤队队长邢玉宝有一种罪恶感，觉得自己对不起同生死共患难的兄弟们，喝敌敌畏自杀承担了责任，让应该承担责任的矿长陈永林逃避了追究。另一处是退休以后的老矿长王耀祖来职工澡堂与矿工一起洗澡，矿工们纷纷抢着给老矿长搓澡。老矿长沉浸在矿山澡堂特有的温润中，沉浸在工友特有的芬芳中，悄然离开了人世。这两个故事读之让人动容。这是张玉秋独特的发现与创造，这种发现与创造正是文学的力量，也是作家生活底蕴丰厚的力量。这样的情节有着隐喻式的指向，指向人的内心、人的道德、官员的道德乃至社会的道德。当然，小说家不可能解决现实中存在的种种困境，但小说家可以讲述自己发现的故事，这个故事中有人类意识，故事是鲜活的，故事中有关注社会、关注历史、关注人生的精神因素，这就足矣。这样的创作体系和思想体系在张玉秋的一部部小说中已经浮出水面。

曾记否，大武口有一家天津医院

记忆之门

同学们纷纷在天津滨海国际机场航站楼东侧的一尊牌坊前照相。牌坊上书"天津记忆"。

我在牌坊前拥抱记忆，登上飞机向西部小城飞去。

记忆是一句感喟，是一抹芬芳，是一份唤醒。

机翼下是奔流不息的海河。天津啊，这里有一朵彩云应该是我。我的心灵之溪叮咚潺湲，是唱给你的歌。在大港公园里，有一抹悠闲的暮色应该是我，我的身影是对故里的眺望。

海河里应该有一抹浪花，我捧着这抹浪花，落脚在西部小城大武口。我很小的时候随父母来到这里，与大武口相遇，与天津同学相遇。

这里曾经有一家天津医院。古人说，"因人作远游"，天津，你好，我回来了。40年后，我回来了。我来找寻同学的目光。

宁夏红红的枸杞代表我的心。

别时容易见时难，昨日的故事刚近尾声，新的故事又有了开头。我们与西部小城的相遇不仅有着鲜明的时代烙印，还有着鲜明的地域文化特色和鲜明的社会身份。这是现代都市与西部开发者的相遇，这是都市知识分子子弟与开发大西北的工人子弟的相遇。昔日，我们相识在贺兰山下；今日，我们相聚在海河边。李旗同学说得好："世界这么大，咱们却在一个屋檐下共度了那么多年，真是缘分呀！"是啊，行走在人世间，这样的缘分是难得的。宁津两地同学阔别近半个世纪，握手的瞬间，你读我的面孔，我读你的眼神。学生时光在舌尖上跳跃。许多话还没有来得及说，许多记忆还没有来得及开封，又到了挥手告别的时刻。

少年关于天津同学的记忆

这份记忆要上溯到20世纪60年代，国家在全国各地抽调医疗卫生、教育科技、工程建筑、煤炭开发、冶金制造等各行各业的技术人员支援西部"三线建设"。天津市第四医院整建制搬迁到宁夏石嘴山市大武口。于是，这个落后的西部小镇有了第一家规模较大的医院，老百姓亲切地称之为"天津医院"。1982年，天津市开发大港新区，天津市第四医院整建制迁回天津大港。天津同学也告别了在此度过青春年华的第二故乡。

大武口这座西部小城的人多数是东北人，天津的医务工作者的到来为这座小城增添了说不尽的妩媚。天津话绵柔、清脆、欢快，好听。天津人洋气，带着海风的抚慰。"干吗，干吗"拖着绵长的柔音，萦绕在同学的大脑里，挥之不去。学校的文艺节目，天津同学说天津快板，"天津"两个字像种子一样播进心田，已不是地理概念了，而是一群少男少女的欢歌笑语。

我在大武口洗煤厂中学读初中、读高中。我们班级多数同学出生在1960年，天津人最多，再就是东北人，还有浙江的、河南的、安徽的、甘肃的、江苏的，同学们来自五湖四海，是名副其实的移民班。天津同学的温婉细腻与东北同学的粗犷豪放在校园里交融，在同学们心里栽下友谊的常青树。

石嘴山市因煤而生，被称为"塞上煤城"，是新兴的工业移民城市，地域文化多元，曾经被称为"宁夏的小上海"。这座小城产业工人居多。悬壶济世，医生职业的特性，使每个市民都会对天津人产生特殊的情愫，都会记住给自己医治过病痛的天津医生。天津人的到来给这座西部小城带来了生气，改变了这座城市的气质。天津人的举手投足、一颦一笑带着都市气息。天津人的生活雅致，家里弥漫着一种文化氛围。去张景山家，他姐姐在拉手风琴，他在画画。

高一时，我眼睛近视了，张景山同学领我去天津医院眼科配眼镜。我戴上了第一副眼镜，与张景山在他家合了一张影。近半个世纪后，我们在天津聚首，又合了一张影。李旗同学说要给我们做一个抖音视频，他做出来发给我看时，问我用哪首歌曲做背景音乐，我脑海里即刻响起了一个熟悉的旋律，即李叔同的《送别》。

看着这两张不同年代的照片，我脑海中像回放录像带一样，想起与张景山一起办黑板报，画雷锋像的情景。我学篆字、学素描，都是模仿张景山的手笔。每个时代的青年都有追星情结。张景山给我一张五寸的赵丹、王晓棠、上官云珠等 22 位电影明星的头像图片，我照着图片画明星素描。张景山家订了《大众电影》，我经常去借阅。多好啊，成长之旅的一步步脚印都与天津同学紧扣在一起。那时，康捷同学家里订了《人民文学》和《小说月报》，下乡插队时，我经常骑着自行车去他插队的农业指挥部借书，我们讨论最多的是当时的争鸣小说《在社会的档案里》《苦恋》《人啊，人》《飞天》《爱，是不能忘记的》。当时的《班主任》《伤痕》《我该怎么办》等"伤痕文学"作品都是康捷借给我读的。我记得阅读小说《我该怎么办》时主人公薛子君的姑妈的一句话："子君，你长得很美。但是，你美得太过分了。这是一种灾难。在生活的道路上可要特别留神！""姑妈的话是从她独特的生活经历中总结出来的。"这种阅读感受十分奇妙，真难说，对一个刚刚踏入社会的青年是警示还是启发。我悄悄在学习写作。笔墨怎么样，需要认可。我把第一篇文章拿给贺天广同学看。现在已经不记得那篇文章写了些什么，也不记得他当时对我说了些什么，但从那时开始，我就坚持写了下来。可知，天广同学当时给予我的是莫大的鼓励。天广是我们班的才子，好读书。我曾看到他在啃《三国志》《第三帝国的兴亡》。他体育也好，是足球守门员。我们班男同学里体育健将较多，杨大卫获得过全国青少年运动会手榴弹投掷第五名，李耀凯是全区百米冠军。我们班经常去校外踢足球，也因为赢了一场足球赛，张卫民同学回家时遭到基建一中足球队的围追堵截。

那时，也想与钦慕的女同学交流学习，但不敢。那个年代的男女同学在学校不说话。说话在毕业多年以后，有一年春节，刘丽萍等同学来新华书店看我……

"唯有相思是春色，江南江北送君归。"1982年春天，天津医院迁回天津，天津同学陆续离开了西部小城大武口。景山回天津了，天广回天津了，康捷回天津了，天津同学都回去了。知音远隔千里，谁来与我切磋读书写作的体会？时间在空间漫游、漂泊、流逝。记忆却在生成的年代里倒回和延续。坦率地说，回忆少年时代，人人都可以找回心灵的底色，而我的心灵底色是天津同学给予的。我专程来天津叙旧，又给我心里播下理解、同情、悲悯、温暖、快乐、离别、生死、悲喜的种子，这些情感冲击着岁月的长堤，也是对往昔时光的一次追忆。五天的相聚，弥漫着欢乐的气氛与情绪。我想，仅有欢乐是不够的，在思想与情感的轴线上，我与同学们的欢乐是吻合的，但少年的心思与个体生命的体验是刻骨铭心的，这是写作的种子。

同学看同学是透明的。在幼稚的学生时代，同学之间互为影响，这种影响极有可能决定生活的选择与走向。时间让人遗忘，空间拉开了心与心的距离，朝朝暮暮的相处只是一种梦想，每个人都在奔波自己的生活，在生活中寻找自己的位置。

写作的初心是天津同学给我的。我不停地练笔，作品《琴音似水》终于发表在天津的文学刊物《散文》上。百花文艺出版社出版的散文丛书我是必买的。我想，将来能在百花文艺出版一部自己的散文集，那该是多么神圣的事情啊。那时，我读天津作家冯骥才的小说《神鞭》《三寸金莲》，读蒋子龙的改革小说《乔厂长上任记》，特别爱读何申的散文《我的津门故里》，还爱听关牧村的歌。阅读中，有关天津的事情，我都想知道。从景山、康捷家借阅文学刊物，是我对知识分子家庭的最初认知。我依稀觉得这给予我一种生活的向往，但那种感觉很朦胧。在那个年代，不是每个家庭都能给孩子订文艺刊物的。随着阅读面的扩宽，我慢慢知晓了知识分子群体多集中在科研机构、社科院、医院和高校，知识分子在我心中占据的地位是不可动摇的。那种生活向往越来越明晰，我迈开脚步，向着读书、买书、教书、写书这条求知之路走来，循着这条路终于走进了一所高校。从现实生活，到历史、文学、曲艺、音乐，天津给予我一种新鲜的文化视野，这种给予是一种精神熏染，不管时间多久都无法割舍。

我们的班主任曹阜老师是天津人，她带着我和康捷等同学去大武口公社学农，我们是那么卖力气挥洒自己的体力，让青春的汗水滴落在田野里。劳动，巾帼不让须眉，吃饭，也是如此。午餐时，一个女同学把7个包子吞进肚子里。那时，学工学农学军，是重要的课程。学工主要在大武口洗煤厂，同学们对洗煤的流程了如指掌。记得一次打靶，只有一支枪，同学们轮流来，一人一枪。我没有听教官的指令，扣动扳机不松，将一梭子子弹全部射了出去。子弹打光了，与我一个组的同学恨得咬牙切齿。

蓦然发现，在人生的旅程中，你认为忘了许多事情，谁料到这些事情像影子一样跟随着你。有了碰撞与相遇，一下子就激活了。原来这些事多多少少都影响过你的人生选择。

从贺兰山下到海河岸边

天津之行的点点滴滴浸透于心，让我对岁月深处有了更清晰更透彻的认识。岁月深处，一个人对历史、对时代、对现实、对个人生活境遇和历练的感知，是对来路与去处的思考。

那时，天津同学把班里4个"长相困难"、个头矮小、皮肤略显青铜色的同学叫作"小黑球"，我是其中之一。后来，天津同学又特别关照，单独送给我一个绰号——"老头"。这个形象鲜活的绰号逼迫着我急切地面对未来的岁月，赋予我一种紧迫感和使命感。刘迎红同学说："大家的生命脚步都已迈出一个甲子。"我以为，这个绰号已经丢了，熟人都开始叫我老薛了。现在，这个绰号实至名归了，"老头"不远千里来天津。突然听到天津同学操着天津方言说"老头，你好！"时，我竟然感动极了，倍感亲切，眼圈不禁潮湿了。记忆有千万，苦涩、甜蜜、伤感、痛苦、惆怅……我的记忆是潮湿的。把这些记忆落在纸页上，是一个写作者最开心的事。

走进航母主题公园，中华民族伟大复兴的梦想在我脑海里有着强烈的感受。站在基辅号航空母舰的前甲板上，海风入怀，掀扯衣襟，令人感慨万千。我像一条鱼畅游在航母的腹腔，心中波涛汹涌，极为震撼。航母是移动在海洋上的钢铁岛屿，是一个完备的现代化陆海空导弹一体化军事基地，昭示了国家海防力量的强大。我国现在也拥有了自己的航母。我不是军迷，对武器不感兴趣，看到航母主题公园广场上放飞着许多鸽子，父母带着孩子与鸽子零距离接触，顿然，我想，在世界各国的战略竞争中航母固然重要，但和平鸽的飞翔更加重要。我宁愿看到和平鸽与蓝天融为一体，也不愿踏上航母的甲板。据说，基辅号航空母舰是苏联在"冷战"时期制造的，至今从没有参加过一次实战。可以说，这是人类军事发展史上的幸事。我真希望和平鸽的哨音永远响彻湛蓝色的天空。观航母，读沧海。我曾眺望南海的深邃波涛，但没有像这次在天津的思绪蹁跹。为什么我眼里饱含泪水，因为天津有我的亲人。其实，大海是一部启示录，全人类都在读沧海。站在航母的指挥舱里，我阅读着大海蔚蓝色的文字……

漫步五大道寻古，望着那一栋栋洋楼，闲话清末民初的一些趣闻逸事。回望历史，物是人非。

瓷房子是建筑史上的奇迹，中国瓷器文化的气韵在这里氤氲。徜徉在这座百年洋楼里打捞文明的碎片。我不禁问，哪一件陶器是郑和下西洋时沉入海底的历史记忆？

海河是天津的"母亲河"。我带着贺兰山的风尘乘游轮观城市风光，拍照，拍照。轻漾在镜头里的宁津同学情，恰似一江春水流向大海。春天，有市民在海河里游泳，我觉得这比高耸的楼宇还有意趣。天津同学安排我们在古文化街住宿，白天，逛古文化街，夜晚，散步海河边，海河被霓虹灯装扮得璀璨耀眼。我看到两个中年男子打着手电筒沿着河岸在捞鱼。海河两岸的灯光秀吸引着女同学增加着更多的天津记忆。海河穿着彩裙，是我美丽的女同学啊。

天津图书馆实在太美，是网红打卡之地。我已经说得太多了，就把探访这里的感叹藏在心底吧。

衰老是一首不朽的歌

宁津两地同学首聚海河，使我对生活有了敬畏感。此时，我的脑海中突然飘来了歌声。那是 1976 年学校在全市歌咏比赛中演唱《长征组歌》的歌声，张平领唱，张景山和刘艳霞担任男女朗诵者。

生活里如果没有了歌声，不免单调乏味。流金岁月，歌声嘹亮，多么美好的心灵风景。现在，青春不在，记忆如铜之音，忧伤不禁袭来。生活的磨砺在每个人脸上落下了岁月的风霜，但目光里闪烁着的那份少年情没有变。生命就像一个圆，走过一生，又回到原点，在生命之圆的接口，想得最多的是童心。同学相聚，念得最多的是那份淳朴，那份真诚，这是天性使然。走过一生，虽说同学不同道，同学不同志，同学不同路，但是，同学相聚，看的不是这些。欢乐之后总要回到寂静，慢慢沉淀下来的欢乐悠远而深沉。思索欢乐的源头，这是多么有意义的事情。

"天不言而四时行，地不语而百物生。"我试图把黎明与黑夜的神秘交替陈情于时间的长河里。望着时光的背影，深感岁月不饶人，默默染白了双鬓。从弱冠、而立、不惑，到知天命、耳顺之年，你我他都奋斗过、拼搏过、苦恼过、困惑过、彷徨过、寻找过、选择过。在命运的屋檐下，或坚守，或顺从，或抗争，或从容。退休后，怀旧的情愫日益加深，再不想为身份、为地位、为职称、为欲望而烦忧。同学聚会成为生活的一部分，摆脱现实的种种羁绊，在过往的纯真年代里寻觅心灵的慰藉，这是我们的精神家园。

"三线建设"已成为一个历史名词，父辈们已纷纷离世，我们这些随父辈在西部生活过的后生也步入耳顺之年。我们这代人有着独特的生命之歌。衰老是一首不朽的歌，我们这一代人都将老去。照相，照相，留存一代人对岁月的怀念。当摁下快门的那一瞬间，同学们在高呼"春江花月夜"。快乐的浪花拍击着每个人的心岸，同学相见时多么忘情。我想，世界上所有的聚会都具有娱乐性。因为一切娱乐都是短暂的，一切热闹都要回归心灵的寂静。"春江花月夜"，回味的意蕴岂不更像海河水一样长流。半个世纪改变了多少人生，人生发生了多少变故。大浪淘沙。同学聚会多以玩乐为主，除了回忆学生时代的快乐时光，谈得最多的就是晚年养生。为生而活着，大家似乎都在刻意回避离别以后的生命感悟和人生经历，只有个别交谈才能说些私密的话或者更深的生活体验。人过 60，注重养生，养生各有其道。每个人的活法不同，但人人想长寿是相同的。安排好晚年生活，唱好黄昏颂，隆重地活着。我之所以说活着，是因为已经有同学病逝，离我们而去，实在令人唏嘘。面对生老病死，面对友情，杜甫说："人生不相见，动如参与商。今夕复何夕，共此灯烛光。少壮能几时？鬓发各已苍！访旧半为鬼，惊呼热中肠。"生命的长短，表现在人的精气神上，是心地、心态、心境、心情、心绪和心思。我琢磨这些，是在想"心净"活百岁，还是"心静"寿命长。现在，我想通了，心不干净，咋能安静！心里揣着的小算盘，总在啪啪响，咋能安静！养身不如养心。人要想寿命长，心里要干净。

心难养啊！

史铁生说："死是一个必然会降临的节日。"史铁生不堪在轮椅上度过一生，曾经两次自杀。后来，他明白了生命不是自己的，轻易放弃生命就是犯罪。他坐在轮椅上，在生与死的临界点思考生活的意义，把生命的真谛留给读者。人们只会点燃生日的蜡烛，岂不知死亡是生命的燃烧，是最亮的烛光，并且是永恒的节日。其实，一生的追求就是对衰老的回答。

"当你老了"，不再是朗诵别人的浪漫故事，缓慢转身，变为"当我老了"，成为现实的呢喃。我老了，面对衰老，我宁愿永远做一名理想主义者，也不愿做一位世故的老人。在这么美好的时代，60岁，人生才刚刚开始。岁月教诲人生之知行，无论任何形式的修行，都需要一颗纯真的心，心有杂念，心有污垢，不清不洁不净不纯，修什么都无用，只留下一具臭皮囊。

成长是一部老电影。在这部黑白片中有一个无知无畏的少年的镜头：少年带头学黄帅反潮流，学张铁生交白卷。这个少年就是我。多年后，黄帅已经走进大学，我还在农村修理地球。1977年恢复高考，我坐在考场上，心里发慌。一个曾经交过白卷的少年，志愿报的竟然是南开大学。现在想起来，这是多么荒唐滑稽的事情。无知者必狂妄。这次回津门故里，我特别想走进南开大学，在校园里转转。这里寄托着我没有实现的大学梦。1993年叶嘉莹在南开大学创立"中国文学比较研究所"，她每年都会来南开大学讲学。哪怕在南开听一节课，也是圆了这个梦。我的性格既自卑又富于幻想。没有考上大学，又不想荒废自己，就悄然选择了写作。身经变革的时代，现在又到了怀旧的年龄，可谓五味杂陈。

"生于忧患，死于安乐。"一个人不管年轻时吃过多少苦、受过多少罪，只要晚年过得好，他的人生就好。回顾过往，终于明白一帆风顺只是美好的祝福。少年蹉跎不可怕，可怕的是晚年坎坷来袭，贫病交加。一个不谙世事的少年被时代潮流裹挟着，如一滴水，在荒凉的精神沙漠中很快会被蒸发。无奈是很多年以后的反思。人生如戏，戏如人生。每个人都是时代的角色，或主角，或配角。人人都会选定适合自己的角色，或主动，或被动登上舞台。表演就是改变自己，表演的天赋不够，后天是要学的。天津记忆让我想起的事情太多，回来以后，我将微信昵称"碗沿上的行者"改为"亘古的祈祷"。过去求温饱、奔小康，我是碗沿上的行者，过着紧张而劳碌的日子。今天温饱基本解决，就要为快乐的衰老生活祈祷。祝宁津两地的同学情像贺兰山一样高，像海河水一样长。

劝君莫忘来时路，多念峥嵘岁月同学情。袒露心胸，敞开襟怀，是因为天津之行唤醒了我记忆的底料。记录内心的感动，不仅仅是为了一次聚会。

孩子早已在警告我们的衰老了，也在挑战我们的生活观念。20世纪60年代出生的这一代人还享受到了读图时代的快乐。同学们纷纷举起手机拍照。我拍的照片少，我更愿意把自己的记忆和感受化作一行行文字。图片留下了瞬间的实景，只有文字能唤醒我的情感与理想，浸透未来的心。

此时此刻，我的回忆该画句号了。但我又想起1977年毕业前夕去参加"庙台会战"，一个月的体力劳动，具体细节已经模糊，但"一头猪夜闯男生宿舍"的喧嚣是不可磨灭的记忆，让这个记忆继续引发下次同学相见时的朗朗笑声吧。

我顺手拿起一根天津麻花咀嚼起来，唇齿间有一种久远绵长的酥脆在漾动。我咀嚼的是一种文化味道，分外香甜。宁津两地同学友谊也像"桂发祥十八街麻花"一样经得起时间的考验。

对我而言，天津之行是一次不可复制的灵魂之旅。时间足以让珍贵的情感生锈，而宁津两地同学的相逢恰似擦亮了生锈的车轴，让情感的车轮在时间的烟雾中转动。在干旱的宁夏，难得下一场雨。推开教室的窗户，不再用心听课，聆听雨滴敲打窗外的树枝，同时，也打湿了同学的心。我与盛守京同学跳窗去看电影《瓦尔特保卫萨拉热窝》的情景历历在目。可惜，守京同学已经去世多年了。雨注细喘，有密集之力，像空中的舞蹈，脚步从叶面上滑落。雨雾中，往昔的光线与今日的色彩，岁月的声音与时空画面交错成一群20世纪60年代出生的孩子的故事。

生逢盛世。这是多么美好的时代啊。

我认识一座山，叫移民之山

20 世纪 50 年代初期至 60 年代中期，是石嘴山工业发展最快的时期之一。来自陕西、河北和东北三省等十多个省市成建制调入的两万多名干部职工（不包括随迁家属），来到石嘴山参加工业建设。石嘴山矿区、石炭井矿区初步建成投产。

——《石嘴山史纲》（宁夏人民教育出版社，2010 年 9 月第 1 版，第 494 页）

由于石嘴山新建煤炭企业劳力不足，中共石嘴山工作委员会号召全市职工动员内地（除西北 5 省区）亲属支援石嘴山建设，规定"凡有选民证或公社、大队以上介绍信者，即可登记为暂住人口，解决吃、住、工作等问题"，并成立"外流人员接待办公室"。至 5 月 28 日，进入市内的外流人员达 20128 人，其中男 17503 人，女 2625 人，人员来自宁夏各县、市和全国 19 个省区，仅河北、河南、山东、江苏 4 省就有 15139 人，占流动人口的 75.3%。

——《当代石嘴山日史》（宁夏人民出版社，2008 年第 1 版，第 50 页）

我认识的山都与父亲有关。巴颜喀拉山是我童年的山，遥远而神奇。看着我成长的山是巍峨的贺兰山。贺兰山被这块土地上的人们称为"父亲山"。

乘飞机沿贺兰山山脉走势由南向北飞行，俯瞰贺兰山，连绵的山体浩浩荡荡逶迤北上。海拔 2000 至 3000 米的山峰起起伏伏，如万马奔腾，将腾格里沙漠的茫茫流沙阻隔在山的西侧。虽说贺兰山是宁夏平原的天然屏障，阻隔了沙漠的侵袭，但因为降雨稀少，宁夏常年干旱，冬春两季沙尘暴肆虐。然而，有一条黄色的飘带缠绕在贺兰山脚下，那就是滚滚东去的黄河。黄河的乳汁丰腴了宁夏，造就了宁夏平原"塞上江南"的美称。贺兰山是一条历史的山脉和文化的山脉。贺兰，在蒙语中是骏马的意思，心爱的骏马永远在奔驰。这是汉朝名将卫青抗击匈奴的坐骑，这是西夏开国皇帝李元昊胯下的骏马，这是成吉思汗入主中原的骏马，这是岳飞缓辔徐行"渴饮匈奴血"的骏马。贺兰山几乎一直处于承领战争的状态中。

贺兰山还是一座经济的山脉。这是一座富山和福山，山的西边有中国北方著名的池盐生产区；山的东边有马可·波罗说的"会燃烧的石头"——煤炭，并因煤炭资源的开发而建起了一个资源型新兴工业城市石嘴山。贺兰山的林草资源为许多动物提供了食物来源，成就了山东西两侧的"中国滩羊之乡"和"中国骆驼之乡"。贺兰山由于独特的自然地理位置，黄土文化和草原文化、游牧文化和农耕文化在其东西两侧的区域内丰富着各自的内涵。

鸟瞰云海中的贺兰山，如苍茫的大海，气势壮丽。今天，在山脚下很容易捡到远古的贝壳。人类开采大山深处的煤炭资源已经有些年头了，黑色煤炭是远古森林经过地质演化运动形成的化石燃料。从山里发现的化石看，远古时代，贺兰山应该是一望无际的汪洋大海。

父爱如山。在 20 世纪，贺兰山的筋骨是三代开发大西北的先辈们的魂魄构筑的。贺兰山的姓氏是百家姓。

一盏盏矿灯照亮大山混沌黑暗的世界，大山仿佛睁开了璀璨明亮的眼睛，敞开巨大无比的胸怀迎接五湖四海的开拓者。先辈们浑身迸发出乌金一样的光芒，头顶湛蓝明净的天空，脚踩浑厚的黄褐色大地。从 800 米深处升腾出一轮金灿灿的太阳，悬挂在贺兰山顶，照亮了乾坤，这是掘进工的目光。先辈们奔腾的血液变成了不息的黄河。他们的筋骨如骏马，飞驰在大江南北，回首东望黄河，略有沉思，仰首嘶鸣，告诉天地，贺兰山巍峨地屹立在这里，守望黄河，遏制沙漠，给人们的生活提供能源。这里曾经气候温暖潮湿，植被茂盛，森林葳蕤。

先民们在这里牧羊耕垦，在贺兰山的岩石上用粗犷的线条留下了他们生命的气息。近代，先辈们在这里勘探煤炭资源，开发了贺兰山。煤炭是不可再生资源，已经被告知枯竭，这座城市的工业布局也在转型，毕竟是因煤而生的城市，至今石嘴山人依然仰望着这座山。

贺兰山是蒙古人眼里的骏马之山。在我们这一代人眼里，贺兰山是军魂之山，是移民之山。

大武口的枣树们

这里是大武口。我喜欢大武口的秋天。

我多次问自己：在这里生活，了解这里吗？

这里天高云淡，就在仰首白云之端；

这里秋高气爽，就在鼻翼漾动之尖；

这里色彩丰富，就在脚步所抵之远；

这里百鸟朝凤，就在耳际振飞之翅……

近十多年，生态环境在改变，这里适宜居住。夏天没有洪涝，冬天没有雪灾，春天刮几次粗放的大风，但"二月春风似剪刀"，没有春风的抚慰，树木就没有可人的蓓蕾，谁来打扮五彩缤纷的秋天？

枣树拥抱春风，叶子明丽深透，而枣树的叶子绿得最迟。枣花不像桃花、杏花、梨花那么急乎乎。枣花不急，慢慢在春风中酝酿情思，在春夏握手时才亮相。枣树的花儿不起眼，不惹人。枣树叶子绿了，夏天的脚步紧跟着就到了。

于是，秋天的枣儿才甜，入口有阳光的味道。

大武口的枣树品种之多让人惊讶。灵武长枣这里有，山东大枣这里有，陕北大枣这里有……陕西冬枣近些年也在这里落户。枣树之繁也实属罕见。无论走到哪里，所到之处，抬头所见，枝头挂满红玛瑙一般的枣子。

中秋节，拿根竹竿，与潮湖人家的主人一起分享满园红透的喜悦。山水人家的楼前屋后全是枣树。森林公园的工农大渠旁有一片枣树，都是陕北大枣。60年前的一天，一个退役老兵从老家陕北带回来十几株枣树苗，种在这光秃秃的土地上，后人就叫这个园子"老兵枣园"。这应该是在这块土地上种下的第一批枣树。这里是西部干旱地区，植树造林主要依靠工农大渠扬水站把东面黄河水一级一级提升引到山脚下，再改造成滴灌。这里还存留着一片一片的野生酸枣林，秋天，许多人来这里摘酸枣。

古人居家，要在房前屋后种石榴树或者枣树，寓意家族兴旺繁茂。枣树较早与人类结缘。《诗经·豳风·七月》记载："八月剥枣，十月获稻。"人类足迹所至，种下一棵枣树，证明此地适合人类生存。爱枣树爱的是"早"的情怀，一种勤奋的精神，枣树能给人带来好运。古代诗人歌颂枣树的诗很多，我喜欢这首描述收枣景象的诗："春风已过又秋分，打枣声喧隔陇闻。三两人家十万树，田头屋脊晒云红。"收获季节，矿工老陆举着一根竹竿开始打枣，家家户户的孩子们弯腰捡枣子，把欢歌笑语都捡到篮子里。你家有枣树，我家也有枣树，房屋就被枣林淹没了。这里的枣子没有姓氏。一个深秋来了，又一个深秋到了，枣子自由自在地坠下来，就把脚印打落了。

而今，种枣树的人已经去世多年了。天南地北的人种下了天南地北的枣儿。人们走亲访友，提着一袋枣子，说"请吃大武口的枣子"。

44年前的夏天，我结婚了。一个东北同学来看我的新家。我们聊起在这里安家落户的许多往事。晚上睡觉时，被子底下滚出几十个大枣和一捧花生。同学把枣子悄悄塞进被窝，没有让我看见。那是我第一次见新疆大枣。浑圆的大枣里储藏着多少天山的日照啊。

秦叔是我的邻居，是我的父辈。他退休后回到江南老家，有一次，他想大武口了，电话打到我手机上。他第一句话先问："青峰，咱们楼前那棵枣树还在吗？"我深感意外，说："在，你等等，我给你拍一张照片，你看看这棵树现在的样子。"

秦叔看着枣树，声音竟然哽咽了："啊，枣树！"

那天，与一个久违的朋友在街头邂逅。寒暄中，她随手从口袋里掏出一把枣子塞到我怀里，说："我家的枣子，尝尝，挺甜的，来我家打枣啊。"

我很感动，这就是咱大武口人。从天南地北来大武口安家的枣子，牵动了多少游子的心啊！我突然想到：枣树是平民之树。榕树是福州的市树，将枣树定为石嘴山这座塞上小城的市树，平实朴素，岂不美好！

冰与火：一个时代的图景

1

2021 年的朔方大地，第一场雪从南面的六盘山下到北面的贺兰山。雪花落在脸上，传递湿润的冬意。雪改变了大地的模样，纯白的世界如梦如幻。太阳不露脸，人们就着急得瞅着天空。遥远的虚空飘下无尽的雪花儿。

终于，雪霁天晴了。

在积雪融化的那些天里，乌黑的泥泞缠绕在脚下。

这个时候，爱好摄影的朋友发来航拍视频。镜头沿着贺兰山山脉走势由南向北推移，山体浩浩荡荡，逶迤北上。

航拍器在贺兰山深处汝箕沟矿区的白芨沟上空盘桓……

2

在这苍茫的荒凉的乌黑的矿区，兀立着一座美玉一样的冰山，可谓鬼斧神工，给予这个冬天无限的诗意。这是大自然给西北大地如云南丽江玉龙雪山一样圣洁的恩泽吗？是像哈尔滨的冰雕一样，出自杰出的雕塑家的艺术构想，以此拉动煤炭工业遗址旅游消费吗？

都不是。

是谁先发现这让世人惊艳的冰山，是大自然的畅游者吗？人类脚步所至，洞见地球上的奇景。北极的冰雪在融化，中国西北的贺兰山里却出现了一座冰山和冰瀑。

30 年前，我去汝箕沟、白芨沟煤矿招生，在那里住过 5 天。夜晚，有一抹红色染红了矿区的远山，天边分外妖娆。我好奇地注视着血色的山脊，但没有去向任何人询问山为什么会燃烧，只听说一个新入职的矿工夜晚从井下升到地面，第一眼看到山脊上的火焰，以为是太阳升起来了。

30 年过去了，山脊还在燃烧。

这是一个冰雪燃烧的冬天。

有朋友说，这是煤层自燃形成的"火焰山"。矿山灭火队在山体各处打眼，注水灭火，水深火热，水柱飞流直下。到了冬天，天气寒冷，壮观的冰山由此而生。地下的煤着了火，就像地面的森林在燃烧。

还有朋友告诉我，地下煤层存在大量的瓦斯气体，所以就有了"火山"的存在。瓦斯达到一定的浓度，遇一点火星，就会爆炸。矿工们是懂得这个安全常识的。莫非地下 800 米深处的矿井，曾经发生过瓦斯爆炸的安全事故，从而引发整个山体煤层的燃烧？

关于冰山的形成，众说纷纭。我坚定地认为，是矿山灭火队的队员们造就了这座冰山。春夏秋冬，他们的脚步抚摸过每条山路、每个山腰、每处山脊、每道山沟、每条山的褶皱，没有谁能比他们更熟悉大山的性格了。

在各种推测中，不能排除小煤窑滥采乱挖引发了事故的说法。

这让我想起 30 年前的一件往事。

3

那时，《石炭井矿工报》记者俞太银"经过多次现场采访，以大量的事实，写出了长篇通讯《黑色的辉煌与黑色的哭泣》，文章披露了世界稀有煤种'太西煤'遭小煤窑破坏和自燃起火损失严重的事实。稿件公开发表后，引起了国务院领导的关注，并为此做出了保护'太西煤'的批示，引起了强烈反响"（《今传媒》2009年第6期《激情喷薄的生命火花》）。《黑色的辉煌与黑色的哭泣》像一枚重磅炸弹在全国煤炭产业引起巨响，振聋发聩。文章说：

> 目前，在全国103个统配矿务局范围内开采的小煤矿约有11200处，其中有5800处是无证非法开办的，严重威胁大矿安全。
>
> 宁夏的"太西煤"有"世界煤王"的美誉，越来越多的小煤窑的蚕食，不仅使得世界上仅存于此的有限可贵煤种资源正在蒙受着一场前所未有的劫难，同时，也严重威胁着国营大矿的生产发展和煤炭外运。

记者疾呼："共和国黑色的脉搏正在大出血。"

"冰山"的一角凸显了。只要存在滥采乱挖的现象，就会出现冰与火的交织。

有良知的记者为了掌握第一手资料，写好这篇分量重、影响深的通讯，乔装打扮，隐瞒身份，悄然深入小煤窑，去捅这个长期以来人们只议论但无人敢捅的"马蜂窝"。小煤窑牵扯的方方面面太广太深，多少人从中牟取暴利。文章一问世，四面皆惊。有人向他兴师问罪，更有人图谋要他离开记者岗位，放下手中的笔。面对恐吓，他只有一句话："写作是我的生命，笔是我生命的支点，如果剥夺了我手中的笔，我还可以去当矿工，再从头写起。"这是俞太银记者生涯中最深重最艰难也是最神圣的笔触。

据说，贺兰山里的煤炭储藏量只够开采100年，清朝时期就有最原始的开采。从成立石炭井矿务局开始，大规模的现代化开采到目前已经60多年了。近年来，城市发展在向生态环保转型，国家明令封山，禁止煤炭开采。

现在，映入旅游者眼帘的是熊熊大火，燃烧的是800米深处的黑色血脉，是大地恩赐给后人的血库。

现在，火爆朋友圈的飞流直下的冰瀑是没有造血功能的不可再造的血液。

记者在文章中说："百年后，我们的后代再无煤可采。有的私人小煤窑已打通了国营煤矿的主巷道。"

这血脉由煤炭资源行将枯竭的伤口汩汩流出……记者关注矿山的命运，最终关心的是国家煤炭资源的流失。

知道了这些，旅游者怎能不心境苍凉呢？

4

看着视频与图片，想着往事，思考人与自然的关系，也顺便思考着旅游文化的真谛。图片传达摄影者的行踪。摄影者赋予图片的是娱乐，他不一定知晓镜头背后的故事，即使知晓也会被娱乐所掩盖。所以，阐释、回望与讲述摄影者所见的特定的历史时刻的雪泥鸿爪，就构成一个时代的图景，讲述过往时代社会经济及人们的生存状态、生产建设的故事，会让后人知道自己的来路。冰山视频和图片的出现，会让更多旅游者像那位矿工记者一样关注不可再生资源的浪费、流失现象。网上有华希良先生的一篇博文。他追溯到300年前，谈白芨沟的煤层自燃现象。他说：

> 贺兰山里蕴藏的太西无烟煤是低灰、低硫、高发热量的稀有煤种，具有低燃点、高热值的特点，自清代以来就已开始小窑采挖，用于冶炼和取暖。也正是由于窑中冬季取暖，用火不善，引发煤层自燃，直至现在。现如今300多年过去了，位于汝箕沟矿区的地下煤层依然在燃烧，而且火区面积逐年扩大。据统计测算，贺兰山汝箕沟矿区28平方公里的范围内，零星分布着25处自燃火区，影响面积达3.3平方公里，最深处280米，自燃煤层每年损失太西煤量115万吨，总计烧毁煤炭3.4亿吨，每年直接经济损失10亿元。而且，如果不采取有效措施，50年后，汝箕沟矿区保有的太西煤可能将燃烧殆尽。

我愿意相信，华希良先生引用的网络数据是存在的事实。也就是说，300多年来，世人眼睁睁地看着这座宝山燃烧而束手无策。

我查阅了新华社记者孙波在1996年9月10日在《经济参考报》发表的报道《"煤中之王"还能"烧"多久》（参见《煤海听涛》，宁夏人民出版社，2008年第1版，第107页），文章说："据自治区煤炭厅介绍，汝箕沟煤田火灾始于清朝同治年间，至今已有100多年，火灾是自燃和小煤窑人为造成的。"

天哪！这座宝山，不是被挖空，就是被烧空，将成为一座空山。

在时间的深层，煤层还在燃烧。煤炭是不可再生资源。我为祖国地大物博而自豪，也为无节制地浪费资源而扼腕。

5

冰山深居深山，现代信息揭开了它的真面纱。明年冬天，冰山会不会再次露出容颜，成为旅游网红打卡之地，这取决于山体煤层是否还在燃烧，取决于灭火工作的举措与进展。

靠山吃山。在物资匮乏的年代，以牺牲自然环境为代价搞建设，无视煤炭资源的稀有。家家户户房顶上的烟囱冒着浓烟，取暖做饭离不开煤，稀有的煤炭被日常生活烧掉了多少。

环保意识是近几十年才慢慢觉醒的，迟到的觉醒也不迟。开发新能源，把大地丰富的馈赠留给后人。其实，生态环境最大的污染是人的欲望。保护人文生态比保护自然生态更重要。

我祈祷苍山永葆原生态的风貌，让大地800米深处的乌金永远沉睡。美丽的图片会告诉我，人造风景有多少无奈。退耕还林，封山禁牧，山杏树再不会被羊群啃噬；岩羊再不会慌张地奔跑，立在山巅蓦然回首，是贺兰山里永久的风景。

从沸腾的群山，到冷寂的冰山。恢复自然景观纯粹性之路，或许还很漫长，但坚定走下去的意志不会改变。

三月，冰山融化了，山体内的火会逐渐熄灭。满山春色，大地不再哭泣。

那些视频、那些图片的确很诱人，但我不想花费笔墨描述，因为我对这样的美丽没有兴趣。即使我描述了，也不会有图片和视频那种直观的视觉冲击力。我只好说："冰山啊，你在这个冬天的走红，是一个美丽的错误。"

当朋友约我乘坐绿皮小火车进山去看冰瀑和冰山时，我拒绝了。想到那些往事，我害怕踏碎了那圣洁的玉体，多出一声惊叫，打扰了那沉寂的冰雪之魂；我害怕把那冰冷的气息带回家。我提醒自己，多想想人世间的温暖。叙述这些往事令人心情沉重，实在不合时宜，让许许多多寻找美景的朋友扫兴，可是我始终忘不掉那位记者的担当，忘不掉矿山灭火队攻坚克难的辛劳。

冰山，可以说是近年来治理环境灭火时出现的图景，这个治理付出了极大的代价。人类的生存经验取决于对自然的态度，反反复复在较量在磨合，掠夺资源的代价往往留给了后人，最后，吸取了教训，在自然面前不得不认输。这些遥远的往事，虽说与我的生活无关，但不去回忆，就不会吸取经验；不去记录，就没有忏悔；不说损失，就没有教训的铭记。这是比烧伤更疼痛的人性灾难。不去述说冰山图片背后的故事，时隔多年以后，对远方的人们就是一个灾难性的误导。

绿化土

——从媒体报道看宁夏理工学院的崛起

1

对我而言，"辛苦为斗米"，退休返聘，甚为荣幸。

年轻时，不知天高地厚。刚来宁夏理工学院谋职，在一次中层干部会议上发言："宣传工作、办公室工作，要有历史责任感，要有档案意识，要对后人负责。我们的工作既要关注当下，展望未来，还要回望来路，让后人知道理工学院的前世今生。"那时说出这样的狂妄之语，不知轻重。时隔10年，这项工作竟然落到我的肩上。2018年12月5日，学校安排我负责宁夏理工学院校史馆布展工作。挑起一个担子，得到一份信任。

提前退休，心飘着。校史馆是收藏记忆之地，这份责任沉甸甸的，我忐忑着……工作展开后，不安悄悄散落在烦琐的事务中。

一份工作而已，尽心吧，竭力则使人憔悴。我这样安慰自己。

38年过去了！不平凡的38年过去了！许许多多坎坎坷坷、许许多多轰轰烈烈、许许多多激情澎湃的事情已烟消云散，落成一个巨大的纪念馆，被时间的水泥和空间的钢筋混凝土凝结在校园一角，成为历史的陈设。

"人要用毕生的精力挖一眼深井。"这句话是2005年学校的奠基人曾文结先生聘我做校报副刊编辑时鼓励、启发我的话。

现在，老校长已经作古，他的话我铭刻在心。

现在，我在老校长挖的这眼深井里打捞岁月的涟漪。

现在，我看到学校发展的浪花翻卷在星海湖的水面。

在这里，历史欢迎我的到来，热情地与我握手。

2

平日，重复性的工作像落在身上的尘土，明日复明日，拍打身上的尘土，与昨日告别。而这三年，却有了拍打不掉的尘土，埋首故纸堆与老照片之中，爬梳学校建设各个时期的重要信息。资料繁复杂乱如麻，38年的泥爪在眼前。几番进出，往事之尘染满指尖，历史之埃在鼻翼下飘浮。38年了，墙上贴着复活的记忆。那些过往的人和事照亮了我这个后来者的目光，那些一页页发黄飘散出尘土味的文件、总结、报告如春风驶荡，那些一帧帧模糊不清的图片无数次浮出水面……

3

那天，设计者赵天启老师把遮盖在校史馆正面浮雕墙上的红布缓缓拉下来的那一瞬间，温暖的青铜色一寸一寸浸润着我的目光。

蓦然，我认识到创立这所高等学府的曾文结先生的一生就是让后人注目的温暖的青铜，赵惠娥校长带领全校师生展开第二次创业就是让后人注目的温暖的青铜，为这所学校贡献了力量的创业者就是让后人注目的温暖的青铜，为学校的学科发展、专业建设付出心血的老教授就是让后人注目的温暖的青铜，为学校的建设添砖加瓦的老师们就是让后人注目的温暖的青铜。

开拓者的一张张面容，在我眼前浮现，我能看到他们在学校建设中走过的一个个脚印。学校是一座熔炉，为建设这座熔炉添柴加薪，默默工作的人们都是无言的温暖的青铜。

青铜温暖我的心，我感受青铜的体温，聆听青铜的呼吸……

前人栽树，后人乘凉。劝君莫忘来时路。创业者把自己活成了青铜，放射出回望与瞻仰的光芒。薛继汉教授编著的教材手稿，唤醒了多少尘封的记忆；老教务科长荣知天手写体的排课表，照亮了青年学子刻苦勤奋、砥砺前行的求学之路。

青铜者，追问前世今生，寻找照耀未来生活的思想之光。

近些日子，在重读埃德加·斯诺的《西行漫记》，体会到坚定的信仰与钢铁般的意志是实现奋斗目标的基石。星火燎原，红军走过二万五千里长征，百炼成钢，焕发出青铜的光辉。书中记载了一位电气工程师朱作其，放弃了在城市工作的优越条件，追随共产党来到陕北吴起镇。究其原因，斯诺写道："这简直是不可相信的！这个现象的背后要追溯到他敬爱的祖父，宁波的一个著名的慈善家，他临死时对他年轻的孙儿的遗言是'要把一生贡献给提高人民大众的文化水平'。"

为民办教育，正是"把一生贡献给提高人民大众的文化水平"，正是把自己铸成一个时代的青铜。曾文结是这样的人，赵惠娥是这样的人。他们都放弃了优越的生活条件，放弃了天伦之乐，把自己活成了温暖的青铜，宁理人都把自己活成了温暖的青铜。

青铜的物理属性在时光长河中熔化为一种历史意象和文化符号。教育是社会公器，是塑造民族灵魂的熔炉。青铜最大的优势是可塑造性，这恰到好处地说明了教育的特点。宁夏理工学院的发展与崛起，凝聚了社会力量和各界人士的爱心，具有了青铜合金的精神力量。在尧舜禹时期，就有了青铜器的冶炼。五千年的古老时光，日月与宇宙的精华，凝聚着青铜器的神圣性。五千年，万事万物消磨朽败殆尽，唯有青铜的光泽穿透老去的时光。

4

于是，在这里，我倾听参观者和历史一起鼓掌。

校史馆开馆以来，我多次对参观者介绍："走上这曲折的玻璃走廊，呈现在大家眼前的是宁夏理工学院建校初期的原始地貌。从戈壁滩、盐碱地、白浆土，到教育绿洲（水上花园高等学府）走过了多年的艰苦历程。宁夏理工学院是石嘴山市唯一的高校，也是宁夏的第一所民办高校。"

当年，有一句顺口溜一直在这里流传："冬天白茫茫，夏天水汪汪，种树树不活，种草草不长。"这也形象地反映了这种土壤改造利用的艰难。

戈壁滩，一望无际的乱石岗，深挖数米，不见土；白花花的盐碱地，任何植物都被它无情地扼杀；沙地随风飘移，埋没了多少生机；白浆土，密不透风，见水一摊泥，晾干后，坚如铁石，被称为土地的癌症，花草树木无法生长，不到一年就会窒息枯死。

改造戈壁滩、改造盐碱地，土壤专家、园林设计专家汇集在这片约100万平方米的光秃秃的不毛之地，为将来的校园进行绿色会诊。专家说，唯一的办法就是从平罗县广袤的农田里取土，不，应该是买农民的土，改良这里的土壤。园林专家把农田的土叫作"绿化土"。一车一车绿化土运进了校园，据负责运土的张昌林估计，有15万方绿化土。一车土是600元。远的不说，近年来拉土约有900车。所有树木花草成活的地方都换上了绿化土。目前，学校绿化面积34.4万平方米，绿地覆盖面积

38.7 万平方米……

校史馆开馆以来，凡有参观者前来，我都要提前细心擦拭玻璃展柜上的浮尘。看到各个时期新闻媒体报道学校发展的发黄老旧的报纸，心中涌出万千感叹。从 1985 年 9 月 21 日《工人日报》《宁夏日报》《石嘴山报》分别报道学校草创第一个建筑中专班开学的豆腐块小消息，到 2019 年 3 月 25 日《宁夏日报》以《荒原好大一棵大树》为题的专题报道，并相继 5 次专题报道学校白手起家、艰苦创业的奋斗历程；从 1995 年 10 月 10 日《宁夏日报》刊发《它，不只是一只"丑小鸭"——记自力更生办教育的石嘴山职工大学》（宁夏石嘴山职工大学为宁夏理工学院前身），到 1996 年 6 月 21 日《中国教育报》刊发《塞上风雨十年路——记宁夏石嘴山职工大学》，再到 2021 年 4 月 14 日《光明日报》刊发《荒滩树木，匠心树人——宁夏理工学院院长赵惠娥戈壁滩上办大学》，新闻媒体高度关注，深入采访，从中可以看到这些年来宁理人扎扎实实踏在朔方大地上坚定的足迹。

树是学校的灵魂。十年树木，百年树人。从贺兰山脚下戈壁滩草创的学校，到星海湖畔秀木葱郁的水上花园式学校；从第一个 40 人的建筑中专班，到今天的在校生 16000 人，12 个二级学院，71 个本科专业；从 1992 年 9 月 21 日工业会计自考大专班招生，到今天的电子信息和会计两个专业被国务院学术委员会授予硕士学位授予单位及其授权点；从当年教师自己动手制作课桌，到目前的智慧课堂、大数据课堂、新工科、大商科、产教研融合的新时代发展走势，发展变化巨大。多年来，学校为社会培养了各级各类人才逾 15 万人。三代宁理人为社会种下一棵棵参天大树，将荒漠改造成一片绿洲。宁夏理工学院的崛起，改变了宁夏及石嘴山地区的教育格局，带动了社会经济文化的发展，宁理人为地区教育做出了贡献。

于是，我想，点亮一盏灯，把自己活成一束光，给后人照亮前行的路；铸造一件器物，把自己活成青铜，给后人无穷的启迪；仰望一座高山，把自己活成山神，给后人坚定的目光；种下一棵树，把自己活成一片森林，给后人无边的绿荫。

在大数据时代，老物件进入人们的眼帘，一切都显得缓慢起来，但每件老旧的物品都透出一股温暖的气息。那啪啪作响的算盘珠子是中华民族智慧的积累，那沉默的活字中文打字机是人类文明进程的生动记录，那亲密咬合转动的机械齿轮昭示着宁夏理工学院 38 年来为地方经济培养人才的融合之音……

看昔日，春风吹皱一汪碧水，创业者站立在星海湖畔；望今朝，春光明媚，鲜花烂漫，覆盖了白花花的盐碱地，被称为土地癌症的白浆土已经无影无踪……

宁理人啊，38 个寒暑，"零落成泥碾作尘，只有香如故"。

宁理人啊，38 个春秋，"落红不是无情物，化作春泥更护花"。

一茬一茬毕业生学有所成，走向社会。

毕业生赠送给学校一尊青铜鼎，祝福学校鼎盛。

我愿意做如此推想：世人为孔子塑像，均为青铜色。百年老校站立在时光下，堪称青铜的光泽。人们渴望静好时光，在自己的时光中塑造生活。

青铜说："我的时光"在一所大学熔炉的眼睛里。

人生要有得意处。

这就是生命的自豪，这就是生命的宣言。

一个美国人的塞上小城情结

　　宁夏石嘴山市这个偏远的塞上小城什么时候来了外国人，大概谁也记不清楚。或许，外国人应该是随着宁夏理工学院的成立才出现在街头的。当然，最早，企业与外商有更多的交流（比如，我们的城市就有一家挪威的外资企业埃肯集团），外国人频繁地来，但都是行色匆匆，不露心迹。作为纯粹的文化人，只有宁夏理工学院的外教在小城住得长久。

　　丹尼斯（Dennis Needham），是美国伊利诺伊州人，教育学学士，受美国"中国之友"协会派遣，于2003年8月来宁夏理工学院工作。丹尼斯是一个淳朴、和蔼可亲的美国人。他在宁夏理工学院任教20年，深受学生欢迎。他颇像白求恩，学生就以此敬称他。他的年龄70有余。他喜欢摄影，用镜头记录中国老百姓的生活。他经常去"快美"照相馆洗照片。丹尼斯是我们城市的荣誉公民。我们城市的许多人都认识他，许多家长把孩子送到他这里学英语，他不收学费，还在永欣园小区开辟了一个独特的英语社交圈。提到他，人们都会说："对，是那个老外，很有意思的一个老头。"

　　2008年12月19日，第五届宁夏回族自治区"六盘山友谊奖"颁奖仪式暨外国专家新年招待会在银川举行。丹尼斯荣获此奖。他在受奖词中说："该奖项象征着宁夏政府和人民与获奖者之间的情谊。它意义重大，远比一项宏大的建筑工程、一拨富有竞争力接受过训练的学生毕业庆典，抑或水果和蔬菜大丰收的意义重大得多。在宁夏工作期间，我已经与身边的人们结下深厚的情谊。在异国他乡，我已找到了好朋友，或许更像亲人，与之同甘苦、共患难，相互帮助，相互包容。"丹尼斯在石嘴山生活，找到了家园感。2005年，我与丹尼斯相识，虽然时间不长，但我深深地感受到了他的石嘴山情结。

课余时间，丹尼斯背着照相机，走遍了石嘴山的大街小巷和田间小路。他热爱自然，经常去爬山。贺兰山，如同骏马一样奔腾的山，在他心中颇有情趣。他的镜头告诉我，他在一座山巅小憩，石头太过光滑，差点儿滑下去，非常难爬，瞬间的情绪只有镜头会说话。在汝箕沟的深山里，他饶有兴趣地采蘑菇，野蘑菇的香味长久地留在了唇齿间。山高人为峰，一块巨石像人手的一部分，拇指和其他伸出来的两根手指像在抚摸蓝天，是抚摸，也是礼赞。山脚下有向日葵、小麦和脱粒机。他说，群山伴随着岁月见证了老百姓的生活。

丹尼斯是大武口永欣园小区的居民。他从自己居住的3号楼向外眺望，贺兰山、校园、工厂、街道、人流、公寓、森林公园、庙宇尽收眼底。每天早晨，他打开窗户，感受新的一天的明媚。3号楼后面树木茂盛，小径曲幽，饶有趣味，是丹尼斯的后花园。丹尼斯尤其喜欢薄暮时分的后花园。夜晚升起薄雾，给月亮一份朦胧，丹尼斯用不熟练的汉语说："我找到了'举头望明月，低头思故乡'的感觉。"这个时候，丹尼斯就爬上楼顶向远处看，有老旧的房子及狭窄的胡同，也有新建的公寓，有些在变，有些则是永恒的。他会望穿贺兰山，看到大洋彼岸的美国。到了周末，丹尼斯上街，购置一些日用品，与小贩讨价还价，市场上会传出友善的笑声。青山公园里遛鸟的老人、百花市场看自行车者、街头的象棋摊子都进入了丹尼斯的视野。他参加中国朋友的婚礼，用镜头记录婚宴，瓜子、糖、白酒，还有香烟。他说婚礼的名目大多是为了一个隆重的仪式和朋友们聚会吃饭。他说青山公园里唱戏的是京剧表演家和演奏家，一位老人带着一个小孩在聚精会神地听京戏，让他感动。

下了一场大雪，丹尼斯走上街头，和邻居们一起铲除厚厚的积雪。他是社区的文明公民，看到杂物、纸屑、塑料袋总会捡起来扔进垃圾桶。朝阳街在丹尼斯心中是美丽洁净的，中国人的生活在丹尼斯心中是安详、宁静、和平的。

这是丹尼斯眼中的小城市。丹尼斯眼中的乡间是什么样？

2007年暑假，丹尼斯驱车去惠农区，车速较慢，他观察沿途的一切。公路上有勤劳的放蜂人。几台联合收割机轰隆隆超过他的车。一个人赶着驴车悠闲地行进在宁静的美景中。

田野、向日葵、晒干的玉米、晾晒的枸杞、丰收的洋葱及牧羊人吸引着丹尼斯的眼睛。丰收的庄稼承载着农民的那一份辛劳与喜悦。

在礼和，丹尼斯和孩子们一起过儿童节，他说，孩子们的演出展示出了极大的热情与和谐。

在惠农区汽车站，他看到售票员在暖洋洋的下午悠然自得。惠农区被拆迁的房屋很多，新建的公寓拔地而起。

在石炭井的一所小学，丹尼斯与宁夏理工学院的毕业生一起给小学生上英语课。

到平罗赶集，他看到人们在汗流浃背地为几千人准备午餐，旁边是烧菜用的大锅和大桶。

在汝箕沟，他看到煤场工人装车的情景。

在红果子，一个农民拉着一架子车玉米秆回家。一台太阳灶摆在院落，给生活增添了现代意味。

丹尼斯的镜头也真实地记录了宁夏理工学院的校园生活。

他描述，宁夏理工学院的旧校区以群山为背景，是学校舞台的一部分，绿荫葱郁，山峰、夕阳，宁静得让人冥想沉思；宁夏理工学院新校区的芦苇在午后的阳光中优美地闪烁，是会思想的芦苇。

丹尼斯用镜头记录了宁夏理工学院的学生对汶川地震和玉树地震受害者的同情与鼓励……

他花钱把照片冲洗出来，送给学生和教师。

丹尼斯幽默、诙谐，体验式教学灵活多变，给学生留下了深刻的印象。学生毕业，纷纷约丹尼斯合影留念。学生们记住了丹尼斯的生日，到了那一天，抢着给他过生日，送生日蛋糕。学生问他吃什么，他用中国话说，饺子。在中国，他最爱吃的是中国的饺子。学院召开运动会、举办文艺演出，丹尼斯就是专职的摄影师。

小城是典型的移民城市。我曾在一篇纪念父亲的文章中说"我的父亲是转业军人，我随军来到大武口，属于军队移民"，现在，美国人丹尼斯在宁夏理工学院任教，属于常住外宾。他每天和宁夏理工学院的教师一起上下班挤公交车，没有丝毫的特殊之处。要说特别，就是教师们对一个美国友人的尊重；要说特别，就是他每天背一个看起来很重的背包，走路很快，仿佛永远在赶时间；要说特别，就是他不管走到哪里，相机总不离手，他的镜头有广阔的民间视野，他的取景框里大多是中国老百姓的生活场景。我曾请丹尼斯吃过几次饭。一次是在西麦莜面馆，丹尼斯很高兴，说这个饭馆很有民族特色，夸我很会选饭馆，他兴奋地拍摄了厨师做饭的情景。一次，我又请他，他谢绝了，说那样太浪费。又一次，我听说他爱吃饺子，尤其喜欢和朋友们一起在家里边聊天边包饺子。我想请他来家里包饺子吃，但又觉得麻烦，就请他到郭明臣饺子馆，他欣然答应。

其实，我应该感谢丹尼斯，是丹尼斯的力量征服了我。丹尼斯是我近距离接触过的第一个外国友人，也是唯一的外国友人。他喜欢摄影，但不是那种纯粹的艺术摄影。我第一次看到他的作品，有些忧郁，还有些伤感，彻底被这种力量所震慑。因为我曾经也举起相机捕捉我的所见。现在，凝视丹尼斯的作品，我便萌生了一股冲动，想将这些视像转换成文字，用语言表达这种幽静的心灵，这种跳动而飘忽的情绪。通过翻译，我说明了我的愿望，丹尼斯立刻欣然答应了，几天后他掏出一个 U 盘给我。电脑屏幕上展现出他所有的摄影作品。我尽我的视角理解挑选，运用于笔端。

于是，一个美国人的视野和一个中国人的情怀就这样结合了。

也算是我阅读一个美国朋友摄影作品的笔记。

石炭井涅槃

　　办公室的同事都在议论石炭井行政区撤销的消息，我没有介入，但思绪却挤了进去。蓦然，我产生了去石炭井看看的念头。离开石炭井已30多年了，平时忙于生计，没有工夫坐下来细算。听说石炭井近些年变化很大，已经捕捉不到昔日的影子了。下班回家，我对妻子说："石炭井区不存在了。"妻子正忙着手中的活儿，漫不经心地说："存在不存在与你有什么关系。"我的话太唐突，妻子没理解我的意思。她见我没吱声，立刻回过味来，说："哎哟，我想起来了，你在石炭井生活过一段时间。"其实，妻子说得对，我已经离开石炭井多年，石炭井存在不存在，与我没有多大关系，但是，听到这个消息，始终有一种老朋友离我而去的感觉在心头萦绕。从发展的角度看，撤销石炭井区有千万条理由，而我个人还是希望它存在，那里有我生命的痕迹。山一程，水一程，大山直扑眼前，清水沟、马莲滩、大磴沟，数着这些站名，我仿佛听到一种声音，那是石炭井的呼唤。

　　20 世纪 80 年代初，我插队回城，偌大的城市容纳不下渺小的我，没有我的立足之地。我找工作四处碰壁，心灰到了极点。是石炭井张开宽厚的臂膀接纳了我，像拥抱一个遗失多年的孩子一样，让我偎依在她温暖的胸脯上，给予我一切。我吃饱喝足了，美美地睡了一觉。这是多年来，我睡得最久最香的一觉。

我揣着一张招工考试通知书，向石炭井扑来。那天是 1980 年 1 月 10 日，天上的雪花儿纷纷扬扬，车里有人轻轻地唱着李谷一的歌，是那首著名的《乡恋》，歌声纯美深沉，给我喜悦的心田撒上了一层淡淡的忧伤，我的喜悦来之不易，忧伤则增添了我内心的充实感。

这会儿想起那时的情景，一首《乡恋》成全了我对石炭井的怀念："你的身影，你的歌声……我的情爱，我的美梦，永远留在你的怀中，明天就要来临，却难得和你相逢，只有风儿送去我的一片深情……"飞雪漫漫，使苍凉的群山渐渐失去了粗糙与峥嵘，视线中缓缓升起洁净与温柔，逶迤的山路在白雪皑皑的天地间向前展开。考试地点在一个叫八号泉的地方。考试合格，我成为贺兰山深处军营里的一名军工。

周末，我和我的大兵朋友等班车下石炭井，有时错过了车，就步行，需要一个多小时，我们缓慢行走打发时间。在深山里，石炭井是唯一可当城市来逛的地方。其实，这个可逛的城市只有一条街，在一个山坡上。这条街上的风景用"一"来概括最好：一家商场、一个理发馆、一个邮局、一所医院……即使只有一道风景，我们这些从深山里出来的兵三五成群，在街上走着，也感到心旷神怡。我们在"长征"餐厅聚餐。有战友复员，我们到"东方红"照相馆合影留念。上演新影片，我们下来看电影。那几年的好影片，我几乎都是在石炭井看的。我独自下来，就去逛书店，那时还没有实行开架售书，书店经理老刘特许我进柜台里看书。我星期天常常都泡在书店里。阅读使我萌动了写作的欲望，我的第一篇肤浅的文字《爷爷》就发表在原石炭井矿务局主办的《矿工文艺》上，编辑给我寄来热情洋溢的信，给我开了一长串阅读书目，给了我很大的鼓舞。现在，老刘已去世多年了，我用此文表达我对老刘的怀念。我珍藏着那封信，时而翻出来品一品，闻一闻，这是我痴心文学的精神补给。

石炭井虽说藏在贺兰山深处，但是这里的信息一点都不闭塞，这里居民的观念一点都不落后。有时，我回不去驻地，就住在原矿务局招待所，晚上找人聊天，于是，结识了许多矿工朋友。再回不去时，我就直接跑到朋友家吃饭。一个朋友在井下事故中丢了一条腿，一个朋友的腰受了重伤。我时常与他们聊天，他们听出我心灵深处埋藏着忧郁颓废的"矸石"，总是替我把这些废物挖掘出来。乐观的朋友，命运多舛的朋友，豁达的朋友，生活坎坷的朋友，他们的心坦荡如砥，没有多愁善感，艰难而真正地生活着，接受了生活的磨砺。他们敢于面对不如意，把自己的意志锤炼得坚强如钢。我最快乐的时光是向朋友吐露心声；我最幸福的时刻是让友情的阳光照透我的心海，不留一处暗礁。朋友读书不多，但他们给了我一把生活的金钥匙。

　　我不想去考证"石炭井"之名的来历，这是矿工的家园。石炭井与煤有关，与矿井有关，与大山有关，与石头有关。实际上，关于石炭井，我知之甚少，我不是矿工，每次从大武口回部队，只是途经，只是惊鸿一瞥，没有资格评价石炭井。如果我是一名矿工，我会把对矿山的情谊深埋在心里，因为走上地面的第一件事就是洗澡，身上的煤屑有一些会洗掉，有一些是永远洗不掉的，渗入毛孔，在血液里流动，在血液里流动的情愫是无法向人述说的；如果我是矿工的家属，我也会把对矿山的感情深藏在心底，因为我知道，一个矿工一生对国家的贡献是无法用语言来描述的；如果我是矿工子弟，我更会珍爱我的矿山，因为我知道，父辈吃的是草，挤出来的是奶。在60多年的岁月里，石炭井燃烧了几代人。石炭井也燃烧了自己，今后还将继续燃烧。

　　风一更，雪一更，石炭井啊，你是烈火中舞蹈的凤凰，风儿送去我的一片深情。

啊，我的黑小伙

"为有牺牲多壮志，敢教日月换新天。"

谨以下面三篇短文怀念在宁夏煤炭开发建设中牺牲的相识或不相识的兄弟。

——题记

太 阳

我未曾到过山城重庆，领略那里迷人的夜景；也未曾去过日光城拉萨，饱尝那里紫外线的照射。我没去过的地方太多，却踏遍了我们煤城的沟沟壑壑。

我没有机会去海边享受日光浴，却每天在地下的岩层里拥抱着太阳石。太阳石是我的煤城的公益广告，这是大自然的恩赐。

我来到那旧窑洞前，寻找朋友的音容笑貌。那盏煤油灯还在，朋友把它挂在心口，把它挂在天上成为星星，粗犷的笑声震得煤油灯的灯芯忽闪忽闪。哥们儿几个常喝酒，大海碗轮番在每个人的唇边传递，传递着微醉的感情，传递着乡音乡情。山东小调悠悠流淌，撩人魂魄，河南梆子急不可待，拉开了帷幕，东北的老哥俩抢先唱起了二人转。酒正浓，大李的二胡响了。那湖畔月色，那老槐树下的故事，那窗前妻子缝衣纳鞋的身影，那乡音，那乡情，都在每个人的眼里、心里鲜亮起来……

那次矿难，哥们儿几个都牺牲在塌方中，哥们儿的眼睛晶莹纯美，每天在夜晚看着我。大李、二黑、小金柱，可曾听到我的呼唤，可曾听到我的脚步声。我呼唤，我寻找，寻那眼老矿井，俯在地下找哥们儿的足迹。我最清楚哥们儿穿多大号码的靴子。救护队的人告诉我这眼井已经封闭，打死我，我也不相信。因为我懂得，哥们儿在地下是不会沉默的，哥们儿在那里相聚，将有一天，哥们儿会用手、用肩、用头颅、用身躯，把太阳举出地平线。

瞧，太阳升起来了，煤城的早市开始了。

称呼"煤城"过于单调，矿工们亲切地叫自己的城市为太阳城。我们头顶一个太阳，而地下有无数个太阳。

眼　睛

因为有了那个黑小伙，我的生活才会有"采掘""掌子面""巷道""深井""煤尘"这些矿山的专用字眼；因为有他在身边，我走到哪里，都能感到阳光般的温暖。

我去观赏煤矿工人摄影展，在一幅题为《眼睛》的黑白肖像摄影前伫立。咔嚓一声，他及时抓拍了我沉思的姿态。

"晓雪，你的气质真美。"他盖好镜头盖，走到我面前。交谈中，我知道了《眼睛》是他的参展作品，获得一等奖。

那是我的眼睛。我告诉他，我喜欢他的那一瞬间，他抓拍的爱的眼神。

过了好久，我已淡忘了参观摄影展的事。有一天，他带来了那天拍的我在《眼睛》前沉思的照片，并且是一幅特意放大后装饰精美的艺术照。我爱不释手。好有神的一双大眼睛，我从来没有发现自己的一双眼睛这么有神。他说："我要拿这幅片子去参加摄影大赛。"

他喜欢摄影，爱好集邮，对钓鱼也蛮有兴趣。他约我去钓鱼……钓鱼归来，爱恋之情像那河水在我心中喧哗……

他的小屋里挂满摄影作品，屋子里比较杂乱，是那种文艺青年的凌乱，书随便乱扔，照片贴满了墙壁，有一种特别的艺术氛围。他收集的邮票丰富多彩，方寸之间可观天地辽阔、博大。越靠近这间小屋，我的感情就越深厚，宛如我已随他步入矿井，在 800 米深处并肩采煤一样，那份激情，那份力量，那份厚重，注入了我全身。我们相爱，两颗心融为一体的时刻，每一分钟都是那么珍贵，深深厮守、两情相依的爱恋弥漫在小屋里。

下井前，他热烈地吻我。我捧起他的脸，读着他的眼睛，读着读着，我的眼睛湿润了，一段忧伤在脸上燃烧。

"你怎么啦？"他急切地问。我突然扑进他怀里，幽幽地说："咱们结婚吧，明天升井上来，我们去登记。"

此时，我在他的怀抱里快融化了。

说不清楚我为什么流泪。

第二天，矿山的警报骤然炸响，传来 2 号矿井出事的消息，我按着怦怦欲裂的心，不敢出门去询问真情。

一场塌方，蒙住了矿山清晨的太阳。

他拥抱过我的那双大手，我依偎过的那个强大的肩头，我搂过的那个挺拔的腰杆，在生命攸关的时刻，用浑身的力量支撑着塌陷的坑道，让 19 名工友从他身边安全脱险。

一场塌方，把我们酝酿成熟的爱情压在了地层深处。

工友们给我讲述着他的英勇。我盼望永远的爱人回家。在生死面前，他的决然选择使我的许诺不能兑现。

我以泪洗面。

婚纱，洁白的婚纱。

那一刻，新娘，新娘的倩影一定在他的眼睛里定格。

那一瞬间，他想没想，他还有一幅杰作没有完成——

多少次清晨醒来，看到我们一起走进家门，犹如在昨天——

他十分风趣，每天都快快乐乐。他是那样普通，但我对他的爱恋刻骨铭心。

他说："我要用煤的燃烧精神表现我们的爱情。"现在，他真正化作了一块煤。

啊，我的黑小伙。

洗 澡

走上地面的第一件事就是洗澡。

他躺进浴盆，将疲劳溶解在热水里，身上的每块肌肉立刻放松了警惕，心头的负重感也随即消失了。这时，病魔的巨手却揪住了他的心，揪得他喘不上气，脸憋得通红。他咳嗽得很厉害，浴盆的水在他的胸前不停地漪动。他不得不弓起双腿，用手抚摸胸口，张大了嘴巴深深地呼吸。他每天都洗澡，身上的煤屑有一些洗掉了，有一些永远洗不掉，渗入他的毛孔，在他的血液里流动……

硅肺，矿工的职业病。

他静静地躺在水里，似若有所思，又像劳累过度想休息的样子。他的气色很不好，但他欣慰的是完成了自己的设计。他又走进地下，体会最后一次升井的快乐。保健医生逼着他接受治疗。今后，再也把摸不到大地深处的脉动了，他流泪了，丢失了奋斗目标的痛苦比疾病给他的痛苦还大。他拿出穿掘煤层的勇气和毅力同矿工最讨厌的病魔做斗争。他想着矿山，没有忘记矿山的悲凉与欢乐，死亡与诞生，怒吼与寂寞；没有忘记矿山交织着明亮与黑暗，灿烂与朦胧，日出与日落的每一天。他是井下电工，今天他将告别矿井，他提着矿灯，在井下走走、看看，和后生们说说话。他在记忆的深井里提取当年的勇气，挖掘远去的岁月。下井升井是多么辉煌的岁月啊，是他生命的美丽过程。

现在，他躺在浴盆里睡着了。是的，儿子接了他的班，站在了他曾经站的位置上，孙子上了矿业学院，他得到了从没有过的满足。几十年来，他没有这样睡过觉。他睡得那么香甜，左手搭在右手的手腕上，不再剧烈地咳嗽……

马家湾书事

　　2004 年，经国务院批准，撤销石嘴山区和惠农县，成立惠农区。人们或许不知道马家湾曾是惠农区的老地名，是撤销的惠农县的别称。我在那里生活了三年，当时，人们也叫马家湾为郊区。三十多年前这里有了第一家新华书店，我是书店的第一个营业员。那是一个人的书店，由我经营着。郊区 34 所中小学的课本都由我发放，可以自豪地说，我是马家湾图书发行的创始人，不知马家湾还记得我否。后来，发展为五个人，我就离开了，再后来，有了书店大楼，大楼成为惠农区街道的一部分。今年暑假前夕，我去马家湾招生，站在原书店的旧址前良久，回想那个小院，回想那个明亮的店堂，回想我住的那一间小屋，我想在这里寻找我青春的足迹，寻找我关于书的许多梦想。

　　1982 年 8 月 26 日，我打开了店门，开始第一天营业。马家湾人少，没有多少读者光顾书店，开业这天我放了鞭炮，告诉人们这个地方有书店了。晚上，我一个人躺在小屋里，难以入睡。河蛙欢畅地叫着，鼓荡着我的思绪。后来，我写了一篇散文，叫《蛙声》。直到今天，那蛙声依然鼓荡着。这个书店已经落成一年了，因为生活艰苦，市书店派不出人来这里工作，我从部队回来，看上了书店有书可读，就欣然答应了经理的安排。的确，一个人的书店，所有的事情都由我支配。清静，有书读，是我梦寐以求的工作。只是到了夜里，一个人守着一个小院，有些害怕。时间长了，一切正常，我的心才松弛下来。

逛书店的人逐渐多起来，我也逐渐与周围四邻熟悉了。读者多数是学生，学生都是中午来书店，所以，我的营业时间是灵活的。星期天是必须开门的。遇到不开门或者开门晚了，那些娃娃就跑到后院敲我的窗户，时而一个人，时而三五个，我领着他们从后门进了书店。他们偶尔买上一本书，多数时间不买，只是为了逛逛，随便翻翻。逛书店是一种修养，每次我都满足他们的要求。

书店平时很清静，最繁忙的时候是春秋发课本。二月下旬和八月下旬，各学校的老师像赶集一样汇集在我的小院，等待提课本。课前到书，要在一周之内把课本发完，有时候忙得中午都吃不上饭。大学校用汽车来拉书，多数学校装到手扶拖拉机上拉走了，小学校则用自行车驮。有一个小学校很偏僻，老校长骑自行车要走 30 多里路来提课本。那是一个人的学校，老校长负责一切事务。我曾经在一篇文章《一位老教师的情怀》里描述过老校长提课本的情景。时至今日，我觉得我的描述是有局限的，不能准确地表达老校长的精神世界，实际上，老校长在我心中的印象是不灭的，但难以用语言表达。

卖春联、卖年画是一年中最热闹的场面。农村年关很热闹，人们不仅聚集在农贸市场，还聚集在书店里。书店弥漫着准备过年的喜庆气氛，弥漫着农民对生活的期盼。马家湾没有书店时，农民都到石嘴山书店去买年画。现在有了书店，农民少跑许多路。不贴春联，不贴年画，就等于没有过年。家家买，家家贴，书店里挤得水泄不通。有的老乡唯恐买不上，就把十元钱往我手里塞，说："不选了，不挑了，红纸上有字都是吉祥的，你随便给我卷十块钱的。"农民爱那些花花绿绿、红红火火喻示吉祥的年画，"五福"（长寿、富贵、康宁、好德、善终）临门的年画、春联他们更喜欢，十大元帅跃马奔腾的年画农民也爱买。年轻人喜欢影星头像，小孩子则抢购小人儿书。这只是到了年关，书店本部的春联、年画销售情景。在这之前一个月，我还要骑着自行车往八个公社的供销社送年画。最远的是礼和，路最不好走的是去惠农监狱。那时，市书店唯一的交通工具是王海强开的三轮摩托。有一次，我坐他的车去惠农监狱送年画，半路上前车轮跑掉了，车正好翻在一架桥上，我被扣在车厢下，王海强以为我掉进河里，跑到桥下找我。有惊无险，逗得我们哈哈大笑。

年过完了，我要给自己放长假。总店经理找不到我，几次气愤地叫喊要换人，但我的工作的确出色，也没有其他人愿意来，非我莫属，经理的气消了，说我比较辛苦，多休息几天也不碍事。到了五六月份，就该预定下一年的年画了。我和冯明臣装上年画样张，早晨六点出发，晚上八点回到大武口，骑着自行车挨个跑到八个公社的供销社去预定年画。我们骑自行车不是郊游，是工作，回到家脖子硬了，手腕子疼，更难受的是屁股疼得不敢沾凳子。

书店虽小，却可以说是郊区的文化中心，学校的老师没有不认识我的，周围的农民都跟我很熟。有时，我随便走走，走到农民家门口，他们只要看见我，就一定让我进家喝口水。我觉得农民的热情是对知识的崇拜，是对文化人的尊重。进了城以后，再也找不到那种淳厚质朴的笑脸了。

最值得纪念的是我在书店交的书友。我自己经营书店，肯定要给自己留些喜欢的书。有一天，踱进来一位着藏蓝色解放装的读者，眉宇间飘逸着学者的气息，显然与我平时结识的读者不同。他是刚毕业的大学生，衣着严谨，不像城里的青年那样随便。他是住在郊区的人，还是到这里办事的？他是谁？我爱揣摩我的读者。他走到文学书柜前，就不再往前走了。不一会儿，他问我一些书有没有。我打开一个柜子，让他看。这是我留下的一些书。他把那些书拿出一大半，让我算价。我在算盘上噼噼啪啪一拨，给他报了价，他掏出170元。我收了钱，把书给他捆起来。他接过书，对我一笑，提上书走了。我惊讶着，一年多了，除集体买书超过百元，个人买书还没有这么大气的。这些书都是我平时留下来的好书，一次性让他买走，有些舍不得，而让他看了，就得割爱。我对这个读者产生了兴趣，想着他再来，我不断地进新书，留的好书又多了起来。可是，他再没有来。半年过去了，我彻底把他忘了。

第二年春天，沙尘暴不断，没有读者，我也就不开门营业了，躺在小屋里看书。有一天傍晚，风小了些，突然有人敲窗户，我翻身起来，拉开窗帘，是那个器宇不凡的特殊读者。我让他进屋。坐下来一谈书，话题自然就多起来，真是相见如故。天快黑了，他说他在学校住单身宿舍，我们去他那。我同意了。我骑着自行车带着他到了他的学校。我们神聊了一个通宵。我在他那里第一次听了盛中国的小提琴《梁山伯与祝英台》。还听他唱了十多首民歌。书啊，书缘啊，我们的交往越来越密切，以书为话题，友情越来越深。

我在马家湾书店的三年，最大的收获是结交了这个书友。这个书友，让我感到人格力量与文化力量的亲切关系。在以后的岁月里，我逐渐发现，任何与他接触过的朋友都能感到他身上有着春风化雨的魅力。他就是当代诗人邱新荣。在以后的岁月里，他给予我莫大的帮助。

马家湾三年，是我人生的转折点。难忘那个小书店，难忘马家湾。

沿着黄河回家

　　石嘴山人有福气是因为有黄河的爱抚。我出生在西北，这一生几乎没有见过几次大河。童年时与通天河擦肩而过，少年时与渭河、大夏河擦肩而过。长期以来想在水边生活，但命运没有给我这样的恩惠。水可以洗濯我肉身的污垢，更可以淘清我文思中的许多杂质，使我的文字灵动起来。生活在石嘴山，我多么希望我的城市成长为黄河流域的名城。几十年来，我畅想黄河边有一间茅草屋，户主是我，有一条渡船，那个摆渡人也是我。

　　1982年，我父亲转业到石嘴山电力技校做校医，我们家从大武口迁到了石嘴山，我家离黄河不远。夏日，我在黄河边度过了无数个黄昏。后来，我找对象找到了黄河边。我岳父家离黄河很近，穿过一个苹果园就看到了金色的黄河。我每周都往黄河边跑，这是一种说不清的迷恋，到底是看对象，还是看黄河，说是在谈对象，我却总是一个人在黄河边徜徉。她并不因此生气，还给我讲了黄河的许多故事，最有趣的是钓鱼。自制的钓竿常常被黄河大鲤鱼压折，她哥哥就用挂网。黄昏时把网下上，第二天早晨去拉网。钻进网里的鱼并不悲哀，因为，过不了多久，她就背着哥哥把鱼放回河里。她有一副慈悲的心肠。为此，哥哥威胁说把她踢到河里喂鱼。钓鱼、拉网成为认识黄河的一大乐趣。他们知道鱼离不开河水，鱼也知道他们兄妹生活在河边。据说，很久以前，这里的人们不吃黄河鲤鱼。我想，不是他们不想吃，而是他们舍不得宰割。哥哥钓鱼，妹妹放生，就很有意味。黄河鲤鱼是什么时候开始成为餐桌上的美味的，我想，也不过几十年的事情吧。

我回家要挤公交车。有一次，我舍弃了坐车，沿着黄河走，走了整整一天。那是我在心中酝酿了很久的想法。父亲调动工作，要离开石嘴山，我听到这个消息，有些惆怅，不知所措。我再不能专程回家看黄河了，这是多么大的损失。我算算搬家的日子快到了，就毅然出发了。我手里捏着一本小书，是西班牙作家阿索林的散文集《卡斯蒂利亚的花园》。其实，没有看书的意思，只是走累了，坐在河边，翻上几页。漫步河滩，品味金黄色的光影。我想用这种方式检验自己的耐性，充满激情地出发，沉静地到达目的地，作为与黄河的告别。

沿岸的居民在河滩上圈地耕种，用树枝扎成篱笆，这块地就属于自己的了。实际上，河滩地很肥，只要把种子撒上，等待收获就行。这种播种是一种闲适，收获则是一种乐趣。许多人家都拥有这种享受。我看到收获的大都是向日葵、玉米、蔬菜。有几个老人，手里捏着蒲扇，坐在高高的河堤上，欣赏着自己家的后花园。石嘴山因"山石突出如嘴"而得名。我寻找着这块山石。巨石林立，但我找不到那张"嘴"。有一块巨石像乌龟的脊背，我在巨石上坐了很久，望着黄河东岸，见人影幢幢，那可能是渡口。我这样猜测。

有一次，我去黄河滩看红柳林，去的时候是初春，寒意未退，红柳还未吐芽，但那仍是一次震撼的长途。我称眼前的景象是红柳军团。没到红柳跟前，我还能远远看到黄河像一条飘带在眼前抖动，到了红柳林里，黄河就不见了踪影。我向着黄河的方向走着。向导说："停了吧，到黄河还有半天的路。"略略有些遗憾。再去看黄河是东下陶乐，来去匆匆，是在船上，也有别趣。我不想与黄河握别，总在寻求与黄河长久相守的时机。惠风文学社的朋友们把这样的机会给了我。那是一次黄河边的篝火聚会，我结识了许多文友。明月高悬，黄河柔静，篝火映红了每个人的脸庞。那是诗情燃烧的夜晚，是纵酒高歌的夜晚。月亮不见了，篝火只剩下了余烬，黄河安睡了，朋友们才依依不舍地沿着黄河走回家。

我想，现代人时兴装饰，黄河才是石嘴山人最漂亮的装饰。我不敢祈求别人与我有同样的想法，但我愿意这样想。认识石嘴山是从认识贺兰山、认识黄河开始的，我先入贺兰山深处，后观赏黄河的风姿，彻底知晓了这一切的确是石嘴山的福祉。

解放军大院

一条街的变化，就是一个城市的记忆和我的怀念。

住的地方换了几处，总觉得还没有离开这条街。有多少次，父亲确确实实领我回到了这条街，但是千寻万寻，找不到门牌号。我的记忆不会有误，这条街就在大武口的游艺东街。60多年前的一个夏天，父亲把我们交给这条街上的一个院落，我就拥有了对这条街的认识。我们住了下来。父亲却走了，一走，就再没有回来。说是一条街，实际上没有街景，路长了些，平房多了些，住户集中些，就形成了一条街。而现在，这条街是名副其实的商业步行街，繁华，热闹，人声鼎沸。记忆中的街，已成为城市的历史。想回到那个院落，只能到梦里去寻找了。在梦中，我向父亲述说着这条街的变化。

一阵自行车清脆的铃声叫醒了我，那是父亲巡诊回来了，他带回来的一身尘土，轻轻地扬在身后。父亲从门后取下牦牛尾巴站在门外打土，牦牛尾巴是从青海玉树带回来的，父亲用了几十年了。这条街什么时候变成柏油马路的，我记不清了，总记着那时汽车一过拖着长长的黄色浮尘尾巴。变化最快、最繁华、最富有商业气息的是游艺东街，现在人们叫它步行街，但是，梦中的旧貌与新颜叠加在一起，我走过这条街，常常不知脚步落向何方。走过的路送走了许多经历，意味深长，成长意味着寻找陌生，而怀念则意味着寻找过往。我从这条街的一处院落走出来，人们叫它"解放军大院"。那时，地方上的人是多么羡慕从这个大院走出来的孩子啊，这是一种骄傲，一种神采。

"解放军大院"永远不会在曾经生活在这里的人们心中消失，尤其不会在这里成长、现在又生活在这座城市的军人后代心中消失。

那一排排整齐的红色砖木结构的平房在我记忆中是鲜亮的。阳光洒满宽敞的院落，庭院里种着绿油油的菠菜、鲜红的西红柿、紫色的茄子、水水的黄瓜、嫩嫩的豆角、长着牙齿的玉米及朝气蓬勃的向日葵。每当周末，父亲就在院里除草、施肥、浇水、松土。母亲带我去掏大粪，掏的次数多了，嗅觉不知不觉就失灵了。我也不让母亲去掏了，自己到厕所掏两桶，担着往家走，得到邻居赞赏的那种得意，使我体味了自食其力的香甜。我还怀念那根颤悠悠的竹扁担，挑三次水是我每日的功课，磨炼了我稚嫩的肩膀，使我晓得今后怎么承受生活的压力。

那红色的庭院，那么鲜亮，那么干净。我怀念我垒的鸡窝，我怀念我养的兔子，我怀念去收购站卖废铜烂铁，我怀念和父亲一同盖小伙房的情景，我和泥，递砖，父亲当瓦工……

那一道道竹篱笆墙，总是透露出浓浓的乡情，令人思念隔着篱笆聊家常的芳邻。那周六放映的露天电影，歌颂着一个崇尚英雄的激情时代。那水泥面的乒乓球台，又让我想起两小无猜的小伙伴。

那墙外的小树林，隐藏着我和小伙伴许多秘密。我们在那里商量如何逃课，在那里为受欺负的伙伴报仇，在那里摔跤，还在那里学会了抽烟。

……

在这个院落里，我过早地涉入了生活，我的秉性多了一点沉重，少了一点轻快，生命在延续，我仍不改初衷，看重自己微薄的努力，做一个生活着而沉默的人。

我成长的年代，街上流行黄军装，我的同龄人都喜欢戴军帽。谁家的姑娘找对象，若荣幸找上一个军官，很快就传遍街坊四邻。那是20世纪中叶的事情了。军人和煤炭、建筑、冶金、地质、医疗等各路移民大军汇集在贺兰山脚下，共同开垦了这块处女地，描绘着这座城市的蓝图。这条街上的"解放军大院"曾是人们心中的一道风景，是我心灵的一声召唤，我每天都能感觉到它的存在。

　　我常常一个人在游艺东街散步，时间是清晨或黄昏。

　　这条街的建筑层次宛如一支支风格不同的乐曲，总是将我带入诗情画意的联想之中。在晨昏时刻漫步，能听到一种温暖的声音，那是父亲和母亲对我的惦念，那是我青春的旅程；仿佛在海滩上眺望，潮起潮落，感受着生活的变迁。清晨，我看到店老板在洒扫门庭；黄昏，我看到店老板在关门打烊。我特别选择清晨或黄昏，是来欣赏街市喧嚣前的沉静和热闹后的沉寂。如果在购物时来，匆忙中，怀念之情不会在心中荡漾。

　　人的生命既属于时间，又属于空间。我的成长就是从清晨到黄昏，天天在这条街上走来走去。

　　我在热闹中寻找一条旧街，寻找它的容貌，寻找我自己的身影。

　　我在沉静中探访一条旧街，探访它的消息，探访我父母的声音。

　　即便是寻找杨树上的天牛。

　　即便是寻找大街上的尘埃。

朝阳西街 46 号

推土机昂首开进学校时，我明白了长期存在于心中的坚固即将消逝。一些曾经坚固的事物一夜之间从地球上被抹去了，即使是教书育人的学校。不到一年，这所学校的原址上就耸立起一座新楼盘，以高耸如山的姿态吸引行人的视线。老百姓买一套房子不容易，必定要考虑房价、面积、环境等因素。这座新起的楼盘美意无限，迅速受到市场追捧，购房者络绎不绝……然后，乔迁之喜的爆竹声替代了琅琅的读书声。这所学校从这条街上终于淡出了人们的视野。这里曾经的确有一所学校。是我的学校。蓝地白字的 46 号门牌虽然还在朝阳街存在，可是已经不是我的 46号了。十八年来，每逢遇到新朋友问我在哪里工作，我都会说："石嘴山市第一职业中学。地址是石嘴山市大武口区朝阳西街 46 号。"我这么啰唆地介绍，是因为有自豪感在心中收藏。

其实，学校并没有消失，只是更换了校名，换了个校址。学校搬走以后，校园长期空落。傍晚时分，我在校园里转过几次，想到了学校的创立者。黄昏时分守望校园，是老校长几十年的习惯。走在空落的校园里听自己的脚步声，我想，对这所学校有感情的教师或许会在黄昏时分走进来寻找流逝的岁月。尘埃落定，辉煌以后归于沉寂，就像当初的校园是沉寂的荒漠一样。穿越记忆的墙壁，谁会想到这座城市职业技术教育的梦想就诞生在无人问津的荒漠中。

寻找曾经的风景，当然会想起老校长，有几件小事让我永生难忘。试讲，用来考察一个人有没有能力做教师，是对教师资格的第一步验证。而我的试讲彻底砸锅了，但老校长依然相信我能当好一个教师。他嘱咐我一周以后来报到。报到的第一天老校长叮咛我几句话，备课的方法及上课的环节。我听着，一一记下。一学期下来，知道怎样当教师了。这是老校长的特意爱护，扶我上路。第二学期，学校安排我做班主任。我有些犹豫，老校长以他特有的铿锵语调对我说："当一个好教师，首先要学会管理学生。没有当过班主任的教师，是不合格的。"这是忠告，也是命令。我果然不会管理学生，班里一团糟，不会上主题班会课。老校长亲自为我上了三堂示范班会课。怎样当好一个班主任，老校长又送了我一程。

在老校长麾下当教师是一种享受。曾国藩说："扬善于公庭，归过于私室。"老校长两种方法都用。有一次，晚自习值班我迟到了，老校长第二天当众批评我，问我革命工作是怎样干的，我感到这话说重了，摔门而去。老校长这样批评我，我受不了。过后，老校长找我谈话，语重心长。我也敞开心扉，说我知道自己错了，该怎样处罚都行，就是不习惯被扣帽子。我为自己的错误而强词夺理，老校长的宽容让我感激。老校长没有因为此事冷落我，而是对我信任有加了。

1995年5月20日，李岚清副总理来学校视察，视察过程我拍得很好。我提着摄像机去老校长家里在电视上播放，老校长很高兴。我从老校长身上感悟到，一个男人若没有强烈的荣誉感，他的事业是不会成功的。爹娘送我们来到这个纷繁多变，丰富多彩的世界，就是让我们为社会扮演一个角色，并且演好。"我去搞职业教育"，危难时请命，历史和时代托付老校长演好这个角色。从荒漠上的一无所有，到"从爱出发，从严要求；转化一个落后生同培养一个大学生一样光荣"的办学思想的建立，老校长完成了自己的使命。有多少学生毕业以后，始终与自己的校长保持密切的来往，经过岁月磨砺的师生关系格外醇厚，就像老校长的名字一样。

再过 50 年，人们还记得这里曾经是一所学校吗？昨天已成为历史。成为历史的事，人们往往会放弃，但我常常想起职业中学，即使后来我离开了这所学校。我总是想起与老校长第一次见面握手的情景，那绵绵的柔和之感让我回味无穷。这双手柔绵且细瘦，这是在黑板上书写魏碑体方块字的手。他严肃，严谨且严厉。最初，我有些怕老校长，看到他的严厉，我想到当军人的父亲。

确实是这样，我以为，他当教师，实在是入错了门。而当他在校园的草坪里侍弄修剪那些花草树木时，又纯粹是一个勤劳不息的农夫了。实际上，人人都在揣摩校长。我觉得我的揣摩是到位的。每天走进校园的时候，老校长已经在操场上摆开了太极拳的架势。几十年如一日，给了教师们多少精神上的示范。

当校长很累。他没有个人的生活，肩负着责任，要办一流的好学校。勇于担当的人的精神是孤独的，校长站在时代前沿办教育，想教育，唯命是从的人们总是跟不上校长的思路和节拍，校长为此而苦恼。但是苦恼归苦恼，校长有责任教育自己的教师，他总是逼迫自己的教师读书充电。我记得"国学热"还没有兴起时，校长带领全校教职工学《论语》，读孔子。当时引起一些教师的嘲讽，但校长每周坚持主讲，命令大家做笔记。"电脑"在社会上还是时髦词时，校长就办学习班督促教师学电脑。其实，校长从来没有让部下理解自己的良苦用心，他只是这样推行，迟早大家会理解的。所以，他的辛劳就比他人多，同时，辛苦就成了他最大的志趣，他乐此不疲，停不下来。现在，他退休赋闲，在太极拳的圆与方之间，在山水之间。多么自在的人生选择！

我是校长意志的受益者，因为有了宽松的环境，我可以在岗位上写作，作品发表了，校长是我的第一个读者，并且年终还会得到奖励。学校草创期，老校长身边汇聚了许多有识之士，学校鼎盛时期，这些人相继离开。天下没有不散的筵席。我是1991年走进职业中学的，这时，学校的生源已经下滑了。最后下滑到淡出人们的视野。但是，这是一所靠所有的教师的爱心站立在社会上的学校，不管今天这所学校的校址在哪里。

老校长退休了，其他教师今后也会陆续退休，学校的历史也会退休吗？学校搬迁了，而学校的历史应该在。有创业精神，有社会责任感的人什么时候都不会庸俗地活着，即使他退休，他还会找到为社会服务的岗位。生命不息，发光不止。老校长是典型的传统文人，达则兼济天下，积极入世。积极，是说他做事的心态积极，总是采取主动，不怕劳顿，意志坚定，百折不挠，精力充沛，精气神十足；入世，是说他独善其身依然想着天下，有了平台，创造一番事业，没有平台，努力为社会去做点事情。退休以后，他做了许多公益事情，身体退休了，精神还在社会的大海里畅游。人们提到老校长，就说，哦，是职业中学的校长。

老校长在退休之前，提拔我当工会主席。可是，我当了一年，就辞职不干了，辜负了老校长的器重。但我记着老校长的好。我常常教育学生要学会感恩。这么多年，我无以报答老校长的知遇之恩，现在，就写下这些文字，表达我的感恩之情。老校长既是我的老师，又是我的领导，还是我的朋友。

老校长虽然已经退休多年，不是校长了，但在我心中的校长位置是永远的。在我这里，永远的校长有着强烈的个人情愫。一所学校可以在城市的街景中消失，而一个人在我心中却站立到永远。我没有能力让学校不消逝，但我的情感让老校长站立在心中。

今年元旦，我参加了一个学生的婚礼。大家相聚自然就回到了学生时代。学生问这问那，我都想不起来了。18个春秋，我怎能记住在哪次班会上说过什么话，批评过谁，伤害过哪个学生。现在，学生都一一打开记忆的闸门，替我回忆着。一个学生问："你们记得我们班的十六字班训吗？"大家你一句我一句说出十六字班训——学会做事、学会感恩、学会尊重、学会克制。十六字班训，我是根据学情、班情制定的。难得啊，这种幸福恐怕只有教师会有。听学生回忆往事，我感动而温暖。回忆总有尾声，一个学生突然说，我们的学校已经不存在了，搬迁到星海湖了。这突然的话题，让热闹的气氛突然冷寂下来，大家都不说话了，学校没有了，大家有些黯然神伤。

我站起来说："事物都在变化中发展。来，大家干一杯，新年快乐！"

就在昨天，调到西安的同事朱建榕说他已回到大武口，想让我陪他到学校走走。我想告诉他学校已经拆迁了，但又不想扫他的雅兴，就如约而至。到了学校原址，一切都没有了，朝阳西街46号的门牌也不存在了，只剩下了校园上空的一片云烟还是原来的样子。他说想见见老校长王志厚。我约王校长出来在学校旁边的"金土地"饭庄吃饭。饭桌上，朱建榕回忆了许多往事，依稀如梦，王校长已经不记得了，但听着朱建榕富有表演意味的回忆，王校长不断地哈哈大笑。朱建榕回忆了他第一天报到的情景。王校长让他担任班主任，他说刚毕业，没有经验，王校长把报到通知书塞给他，说不当班主任，就回去吧。王校长不要没有勇气当班主任的大学毕业生。这样的历练定然会收藏在一个青年成长的记忆中。听着同事回忆往事，我脑海中也是风起云涌……

哦，心中有王志厚老校长在，朝阳西街46号就不会消逝。

太阳每天照样升起

透过飞机的舷窗观赏星海湖，这个镶嵌在贺兰山脚下的湖泊真像大地的眼睛。星光大道穿行湖泊，东西有桥连接。桥的造型是现代流行的斜拉式，是钢铁意志的柔情表现。

塞北河流少，塞北小城自然就少了桥梁，不像江南满目是桥的世界。这 20 年，生态环境发生巨变，小城也有了自己的湖泊，桥把南边的沙海与北边的星海湖连接起来，独特的景致点亮了往来行人的目光。

外地朋友来了，常常要带到桥上欣赏小城的湖光山色。朋友们有说有笑在桥头留影，赞美小城适合居住，"塞上江南"的美名确实不虚。我天天上班要从这座桥上经过，竟然不知道这桥叫什么桥。

的确，桥的名字很重要。我忽视了桥的名字，并不意味着忽视了桥的存在。进城、出城，桥是必由之路。

我的家在贺兰山脚下，我居住的小区名叫"山水人家"。10 年前，我选择这里，是因为山水相依的静谧环境可以熨帖我的浮躁。单位在东，家在西。上班是出城，下班是进城，沿着星光大道东西来回穿过小城。早晨我离开家向大桥驶去，汽车上桥时，一轮红日恰好如一枚硕大的金橘镶嵌在桥窗里，映入了我的眼帘。每当这时，有一架飞机飞过星海湖上空，机尾后面拖着碗口粗的长长的白线，在高远浩瀚的蓝天上留下一道鲜明的飞痕。如果不是这道喷雾般的白色的线条划过蓝天，我会以为是一只鸟停在天空凝视大地呢。不知这是巡航的飞机，还是河东机场发往某地的航班，这么准时。此时此刻，这道乳白色的长线划破了天空，笔直笔直，像比着尺子刚划的一样，把天空分为两半，渐渐地，乳白色的长线漫漶而去，融化在蓝天里。每当这时，我会习惯性地看看表，时间是8：05。太阳、飞机、大桥好像与钟表对过时间一样。

晨风吹拂湖水，涟漪微泛，一种玄妙的奇遇在心中摇摆。日出而作，日落而息，这是自古以来的作息规律。古老的太阳与现代桥梁默契地在一起迎接路上的车流。我心存疑惑，车、路、桥、日出、电线杆、树木、楼群……到底是怎么运动的，将太阳恰好镶嵌在拱形张开的桥窗中。这一天，我带了相机，把太阳、桥梁和飞机的姿态定格在镜头中，路上的心境就这样成为永恒。

天天走这条路。太阳走进桥窗里，是车速与路的弧度在发生变化。上桥的路并不是一条笔直大道，在高空俯瞰，这条路恰似一牙长长的弯月，挂在星海湖岸边。月光、水光、柔光，暖玉一般温润，妩媚交融，撩人心扉。太阳出来了，我去上班，不正是走出月亮地，沐浴阳光吗？

日出是大自然与人类会晤的仪式。太阳跳出地平线的瞬间如婴儿诞生一样振奋人心。而此时，日出给予我视觉和心理上的唯美让匆匆赶路所代替。人这一生能有几次如日出一样隆重的仪式呢？出生的第一声啼哭肯定是人生的第一次盛典，但哭声掩盖了所有的辉煌灿烂和多彩绚丽。在漫长的岁月长河中，人人都是听母亲说起自己来到世上的情景。人生的盛典只有听母亲说，才是真正的盛典。

上大学是一次，要不孩子考上大学为什么要摆宴席呢？找到理想的工作是一次。结婚是一次。婚姻的仪式能奠定生活的质量吗？最后一次人生仪式则是在别人的哭声中完成的，再隆重的葬礼自己都是看不见的。

这都是平凡人生的庸常仪式。固然，若有事业成功的颁奖仪式，听掌声，接鲜花，聆听颁奖辞的礼赞，不能不说是人生得意的浓墨重彩，可是走上领奖台的毕竟不多。平平淡淡才是真，多数人把掌声和鲜花献给别人，就像日出一样，每天在看着路人匆匆而来，匆匆而去。

人生会有多少灿烂与辉煌，会有几次绚丽多彩呢？睁开眼睛看世界，会遇到什么？今天的太阳与昨天的太阳有什么不同？

我是什么时候对日出感兴趣的，自己也说不清楚。记得20世纪80年代末，大学毕业专程上峨眉山金顶看过一次日出，结果遇上漫山遍野的迷雾。那时正是我人生的黄金时期，喜欢跑到大海边、沙漠深处、高山峻岭上看日出，却忽视了日出就在身边，日出就是寻常的生活。人人都有自己的日出，每天出门上班，实际上就是生活的日出，可是这确实说不清，道不明。年年岁岁，岁岁年年，天天如此，习惯会给人心上一把麻木的锁，出行的仪式就失去了隆重，缺少了神圣。不是吗？使命感就是这样悄悄溜走的。比如，隆重的婚礼不是一生的永远，生日不是天天来到。平常的生活中，抱怨、烦恼、焦虑、困惑、孤独遮蔽了双眼，使我看不到日常生活的美丽。

在路上，同车的朋友会聊一些事情，多是生活中的不如意，说了些什么，现在都不记得了。话是随说随忘，但有一种东西不能忘，即每天的太阳是不一样的。冬天的太阳赶在8：05走进了桥窗，夏天就要提前半个小时。阴天、雨天、大雾天、雪天，太阳照常出来，可是明亮的光线没有照射到人们身上，就会影响心情。我多次问自己，为什么要在乎外来的东西呢？

妻子跑保险，常听她给客户宣讲一个道理："不渴也要多喝水，没有喜事也要快乐。"也经常听人说："痛苦是一天，快乐也是一天，为什么不让自己快乐起来呢？"其实，这可以说是医治痛苦的良药，或许也是"阿Q精神"。外来的快乐永远无法与内心的快乐媲美，热衷于外来的快乐，内心就不会有快乐。生活的痛苦比比皆是，"来自各方的挤压"还会制造没有由头的痛苦，这时，还会快乐吗？

我相信，日出日落是太阳给宇宙的态度。太阳给予大地光明，但是，人往往是看不见光明的。这个时候，需要一座桥，或者一只船。过了桥，可能就是另外一番天地。桥是工程师设计的、工人建造的，上桥是他渡，乘船需要他渡，也需要自渡。桥是意志的造型，这是我原来的想法。现在，我想，桥的意志更体现一种普世精神。

太阳每天照样升起，每天都以快乐的心情俯瞰大地。

大桥每天迎来送往，每天都以隐忍的心情检阅车流。

日月如梭，我实在想停下来慢慢欣赏日出，慢下来应该是最好的生活。太阳东升西落，其实是寰宇的慢动作。下班时，看到太阳落山，欣赏路边的风景，心情格外舒畅。由东向西，这是进城的路，路两边的高层建筑此起彼伏。贺兰山脚下的石嘴山市，越来越凸显现代都市的气象。

我把关于桥与日出的一些想法告诉朋友，朋友说这桥叫彩虹桥，还有一个名字叫追月桥，象征日新月异的发展。"彩虹"的出现，真是喜庆无比。"彩虹""追月"让桥梁盛满了无限的诗意。夜晚，七彩灯光把桥梁装扮得神采飞扬，通体透亮。后来，又听说，老百姓把这桥叫龟壳桥，因为桥的造型像"龟"，也是希望平安长寿吧。名字已经不重要了，只是一个符号，一种向往。朋友的话更真切，他说："有时候我很讨厌太阳，因为太阳升起会把我从温暖的被窝里拉起来，无情地把时间奉献给我这张嘴。可是我又很喜欢太阳，羡慕太阳。喜欢太阳为大地创造的生机，给予大地以生命；羡慕太阳长生不老，活力四射，任何环境下第二天照样升起……"

感谢朋友，他是一位声乐老师，一名快乐的司机，爱听歌剧，在路上，他听着歌剧，把握着方向。他的话像一股清泉清洁了我落满灰尘的心。

然而，为什么不叫平安桥呢？

我每天出门，只有一个愿望，就是平安。

出城，进城，日出日落，平安归来。

怀念桑梓之地

母亲常说要回故乡，故乡的山水融进母亲的灵魂里，但母亲终究没有回去，从此，故土收藏在梦境里，思念挥之不去。我从小离开故乡，没有故土情结，无所谓收藏，没有辉煌，没有伟大，只有实用与平庸。

1960 年，我出生在青海一个偏远的地方，不久随父亲的马队几经迁徙。那时，我乳臭未干，混沌未开，对经历的一切茫然无知。

儿时的往事就像那遥远的出生地一样，逝去得实在太久了。

我生命的根在哪里？

每天清晨，迈出家门涌向大街开始一天的生计，不容许我这样想。街衢小巷，门庭路径，洞察着一切，沉默不语，不给我一言相劝，而马路行色匆匆，似乎流动着难以诉说的踌躇，绿树对噪声的宽容，吮吸了对生存环境的多少感慨。人生多像一棵树啊。

这座小城曾经是荒无人烟的不毛之地，文人雅士称她为太阳城，能源味颇浓。经过几代人的开发，现在人们又称小城为园林化城市，这是梦想实现以后对绿色的向往与赞美。

我像一片落叶，飘荡在这个地方，没有想过这个地方与我的人生有什么密切联系，风停了很久很久了，我也长久地疑惑自己是否还站在大地上。

有几位古稀老人，坐在广场主席台上晒太阳，他们的脸上布满岁月的犁沟，目光呆滞，凝望着前方贸易大厦的月亮形塔尖。他们每天像上班一样准时，享受最后一抹阳光。我注意到，有一个穿绿军装的老人好久没有来了，但有一位穿中山服的老人填补了那个位置。他们在追忆逝去的年华吗？小城了解他们，记取了他们的笑容吗？

我知道，贺兰山下有一块地方将永远属于他们。一个人已知道自己将来要老死在某一地方，他将怎样度过一生，这是值得深思的问题。

村野如烟，都市如火，广袤的黄土地无声无语，我感到我的肺腑里起搏着大地的呼吸。

人杰地灵是媚俗和赞誉，地不灵，是人杰，地方跟着人出名，后人沾前人的光。不要冤枉地理位置。

我在竭力顺应生存的土壤，但在书店卖书时，我的顺应失败了，我驾驭的理想之马跑得太快，远远抛下了现实的管理者，嘲讽开始围攻，孤独锁住了我的身心。弃媚俗，就学不会顺应；存真气，就会感到疼痛。怎么个活法？我为难了。但我相信，从来没有救世主，全靠我们自己。

这是一个地方给予我的礼物。

一个人的价值不在于住在什么地方，而在于他在那里成就了什么，有什么建树。生存环境固然重要，但无所事事者只能给美丽的环境制造污染。我看到了那些智慧之星在我的书屋闪耀，我随时都可以听到一些语录，男子汉的腰杆要挺直，男子汉不要怕被失败打倒，男子汉的脊梁不能弯。这种烈火般的钢铁之声，熨帖着我的心。我抬起头，一口消沉的陷阱在眼前，我已经走到井的边沿。我清醒得正是时候，这正是一个地方给予我的启迪。我知道今后应该怎样面对这种启迪。

在一个如墨的夜晚，有种超越时空的灵悟又突然潜入我的心。秋风像妻子的手抚摸我灼热的脸颊,万籁俱寂,我胸中刮起风暴,被失败击倒,我会死亡;冷漠人生,我同样也会死亡。思想着是痛苦的,骤雨浇灌着我干渴的心。从未有过的淋漓,从未体验的酣畅。想去旅游,见见世面,是为了回来后更好地生活。

我不要浮名。追求浮名的时候,我已失去了存在的价值,不管命运把我抛向何方,旅途中,我观赏的不再是一个地方璀璨的珠光宝气。

我在捕捉一个地方的灵魂。

第一次清晰地觉察到我和我的小城建立的情思。这里无处不留下我生命的气息。

这个叫大武口的地方是我的第二故乡,我在这里度过一生,在这里完成了自我救赎,这个地方使我对移民有了新的理解。

夜晚属于自己,那是一个苏醒的夜晚,一个潮湿的萌生。我永远记住那萌生了苏醒的夜晚。

去黄河湿地

选择一个好天气贴近黄河。黄河岸边的红柳林里缥缈而妩媚的故事扯住了我的视线……心中有一股说不清的东西在轻扬。

向那一川烟波走去。黄河悠悠东下，从天际飘来，渺渺苍苍，远近忧郁迷幻，四周静悄悄。走到黄河跟前，还有两小时的路程。艳阳高照，视野开阔，天地碧透。水洗过的天，绿染过的地，红柳林铺天盖地扑入我的视野。

我惊诧于红柳林的阵容了，像埋伏与引诱。黄河在脚下流淌。这是一条温暖的河流，平时我对此没有一点感觉，今天，独自面对黄河，这种温暖浸透了我的心。我惊诧又惊诧，感叹又感叹。

黄河柔媚平和，像绸缎一样缠裹着这块土地。

历史上黄河数十次改道，河床东移，河西岸裸露，沃野丰腴。河水沉淀下来的泥沙细细的，湿湿的，绵绵的，黄河湿地浮出水面。

沧海桑田。

我对"湿地"这个概念还很陌生。湿地在抵御洪水、调节气候、控制污染、维护生态平衡等方面发挥着重要作用。环境学家亲切地称它为大自然的肾。黄河母亲的伟大子宫孕育了黄河湿地，黄河湿地又养育了一群英姿飒爽的女儿——红柳林。

红柳林伸出纤长的手，抚摸着饱经沧桑的黄河岸边，左手抚摸平罗，右手抚摸石嘴山，以她柔软的腰身守护着疲倦的"母亲河"。我看过一篇资料说，沙尘暴来临时，地表上干燥的沙尘每天以 5 米的速度前进，若这样任沙尘暴肆虐，用不了几年，黄河就被流沙淹没了。或许，这里也将成为地上河了。

红柳林是抵御风沙侵袭最坚强的巾帼英雄，以柔克刚的哲学意义被她们发挥得淋漓尽致：风遇到她们柔软的姿态，速度就减小百分之七八十。面对英姿飒爽的她们，我的惊诧不免有些病恹恹的呻吟，我的感叹总是不能脱俗。

在恶劣的环境中红柳始终保持顽强的生命力，扎根干旱的沙地，永不沉沦；安身盐碱地，永不颓废。不管是和风的吹捧还是细雨的引诱，永不流落风尘。洒尽心血，默默滋润，是红柳的操守。面对风魔沙怪狰狞的面孔，面对飞沙走石、天昏地暗，"我自岿然不动"。撼山易，撼黄河女儿的心难。传说，从前当地老百姓砍伐红柳，可是每当用红柳点火烧饭时，坚硬的火苗总是把锅底烧穿，而用红柳编筐总是不成形，抬不动，背不动。从这以后再没有人偷砍红柳了。红柳的根扎进地里，到底有多深，根须有多长，只有地下水知道。根是红柳的心啊。她们遍地生根、开花，从不向人和大自然索取什么，伸出一丛丛坚韧的细枝，接受阳光雨露的检阅。

红柳在与风沙长期较量中深刻体会到：单兵作战肯定会被一个一个吞没，只有携手，才能战胜风沙的侵袭。红柳从不炫耀，从不居功自傲，柳梢总是谦虚地低垂着，目光总是平视着静静流淌的黄河。红柳从不因个人的私利而不履行使命；红柳英勇顽强，互相救助，互相鼓励，亲如手足，多么凶狠的进攻在这样强大的群体面前，都会鸣金撤退。

沙漠黯然叹服：红柳是我们最顽强的天敌。

风暴一次又一次进攻，红柳的根却越扎越深，浅红色的花儿也开得一次比一次鲜艳、动人，铺满了黄河西岸。

　　我想张开热情的双臂拥抱红柳，但这是怎样一个妄想呀！

　　红柳就在襟袖之间，是那么柔长，又是那么宽广，偎依在黄河身旁，我怎么能有这样的妄想呢？而我的心扉已经敞开，总得让我的心仪有所仰望吧！我不请自到，红柳便满足了我的仰望。在这缺乏寄托的尘世里，有所仰望，是我的幸福。这次出行，没有约朋友，独自漫步黄河岸边，穿梭在红柳林里，让红柳的枝条轻轻地抽打我的思想，是有些孤单，而孤单的时候可以冷静地想一些事情。我从河流里看到了大寂寞，从红柳林中看到了大孤独。

沙尘暴日记

沙尘暴把一扇窗户掀掉了。

我急忙找东西堵上。夜里，难以找到合适的木板，只有床单、被子之类。我用床单试了几次都被风顶了回来，像在窗户上挂了一个降落伞。倒是棉被柔中有韧，才给我解了围。屋内的小沙暴顿时退去，空气却浑浊而凝重了。妻子和女儿捂着鼻子不断咳嗽，我也感到呼吸困难。妻子给地上洒水。我坐在沙发上听风声，狂风像强盗一样在户外打着凄厉的呼哨，洗劫着这座城市。

玻璃破碎的声音像尖刀不断刺着我的心，不知有多少人家经历着与我家同样的遭遇。沙尘暴又一次使我彻夜难眠，已记不清这是今年春天的第几次沙暴了，天空总是像毛玻璃一样蒙蒙的。我已习惯了沙尘暴闯入生活。这是怎么了？滋润大地的春雨哪里去了？温暖的春风哪里去了？

我不禁想起了 1995 年的那次特大沙暴，我赶忙查阅那天的日记。

　　1995 年 5 月 16 日下午 3 点，我进入办公室。阳光欢快而热情地在我的桌面上跳踢踏舞。户外风和日丽，春光明媚，大片大片的白云在蓝天上浮动……

3点10分，天阴暗起来，我拉开了窗帘。窗外的景象使我目瞪口呆。有一位老师也看到了这种景象，失声惊叫，引起办公室的慌乱，大家停止了工作，瞅着窗外。天边乌云厚重，覆盖住横卧如铁的贺兰山。我从来没有见过这样的天气，整个地平线浑黄一片，像万马在沙漠上奔腾扬起的黄烟；眨眼间，一股黄色的火焰突然蹿出地面，直冲云霄，像升腾的蘑菇云；接着，又仿佛有人给它安装上飞轮，直立着向前奔驰，如一堵墙将满天的乌云隔开。风墙在我的视野里飘移，乌云与黄沙争夺着有限的天空，像赛跑一样，终点是蓝天的尽头。片刻间，黄沙聚合起一股飞越的速度，把乌云甩在后面，以排山倒海之势，由南向北卷来，吞噬了晴朗的蓝天。

　　一场沙暴来临了。无人知晓这是沙暴，又低头专注于自己的工作。我脚下的地面暂时还安详。我特意瞅了一眼楼下那片灿烂的桃花。我想，它们很快就会在狂风中痛苦地抽泣了。天一半灰蓝蓝，一半黄澄澄。摄像机若在身边，我会留下这一永难磨灭的景象。

　　一半蓝天一半黄沙的分明而清晰的景象持续了15分钟。

　　3点25分，沙暴铺天盖地笼罩了整个城市。室内突然黑暗起来，空气中流动着干燥的土腥味呛人鼻子。天空是橘黄色的。下雨了，雨点稀疏，因为很快被飘浮的黄尘俘虏了，凝结成泥雨砸在窗棂上。室外由橘黄色渐变成暗红，狂风怒吼，大地颤抖。办公室的人大呼小叫，再无心案头的事情。有人说："世界末日来临，快开灯。"灯亮了，桌面、地面，人们的身上都是一层黄绵绵的柔沙。

　　3点30分，室内亮了一些，沙暴的中心过去了，但狂风还在大作，一直刮到 4 点以后才平静。太阳从铅灰色云层的夹缝中露出面容，贺兰山露出一抹朦胧的轮廓。

这几十分钟的沙尘暴是一场巨大的灾难。

1995 年离现在并不遥远，更早的沙尘暴我没有记忆，但沙尘暴什么时候开始扰乱我们的正常生活，似乎应该搞明白。因为春天的沙尘暴依旧，并且有增无减。我没有等来春风春雨。我知道，西海固数年大旱，1998 年特大洪水，都不是偶然现象。今夜的沙尘暴使我有幸巩固了记忆。我用日记减轻了失眠的烦恼。

只要我呼吸正常，日记还是要记的，今夜的情景也不例外。但我从心灵深处只想记住那片在春风中轻轻摇曳的桃林。沙尘暴随时都有可能来临，如果我在户外劳作，我会死死地紧抱一棵大树不放，把脸贴在大树身上，请求大树救我，不要让飞沙走石击伤我的头颅，不要让沙尘暴卷走我的躯体……

第二天清晨，我行走在上班的路上，马路上躺着几棵大树，那断裂的树杈是多么忧伤啊！

白鹤来访

　　五月的一天清晨，我突然发现一只白鹤在校园的荷花池里游弋，像在寻找什么。我惊喜万分，驻步远观。它时而伸展长长的脖颈，回头用嘴巴梳理洁白的羽毛，时而把头扎进水中觅食，时而又抬头环顾校园，神态安然，像个度假的绅士。我想靠近点，仔细瞧瞧它的眼睛。事实上，它早已发现我。我刚悄悄挪动脚步，它就张开翅膀飞离湖面。警觉是有道理的。它飞得不高，只在水面上飘逸地滑翔，最后降落在相反的方向，不让我去打搅它的"微服私访"。而就在它飞起的瞬间，温柔地瞥了我一眼。啊，这一瞥就叫作惊鸿一瞥吧。我无法言说那种喜悦，急忙掏出手机拍照。但太远，总是捕捉不住它的神情。不知这只白鹤在校园里逗留几日。明天，我拿相机来，一定要摄取这个美妙的发现。

　　当天晚上，这只白鹤在我的梦里飞起降落，不时抖动翅膀，雪白的羽毛散发出纯洁与高贵的气质。白鹤是群居禽鸟，对栖息地的选择十分讲究。它怎么来到我的校园？是单身流浪吗？是妈妈在训练它独立生活的能力？是迁徙途中迷了路，还是专程来察看学校的环境？一连串的问题如海浪拍打着那个夜晚，但我一个答案都找不到。

　　翌日早晨，这只白鹤果然还在，还在昨天那个位置上，孤独而傲然地眺望安静的校园。它用长嘴敲着池塘里的残藕。我举起镜头。田田荷叶零零星星跃出水面。去年的枯叶呈褐色，虽然很多，但毕竟遮不住新春和新绿。白鹤在镜头里走到我眼前，格外清晰，格外漂亮。很快，白鹤就听到了相机的快门声，飞起来，在镜头前一闪而过，再次给了我惊鸿一瞥，然后飞远了。

打搅了它的安宁，我顿然后悔起来。

它可能一去不返了。

正在我自责的时候，白鹤又飞回来了。

啊，你是舍不得离开吗？我再次举起相机时，脑海里蓦然有了一个念头：经常有社会各界人士来校参观访问，但一只白鹤悄然造访，对这座戈壁滩上崛起的高等学府来说，还是罕见的。我要将你的秘密来访记入心中。

白鹤在校园里探寻什么呢？

荷花池的左侧是图书馆。校园四周林木葱茏，曲径通幽，处处有林间小径，处处都是读书的幽静之地。荷花给人以清洁。荷花池里虽然没有采莲女，但荷花池边有晨读的大学生。荷花池旁的艺术石雕虽然不言语，但那悠扬的笛声时时在校园响起。我明白了，你的来访是受五湖四海的学子之托。你欣然巡视校园，映入眼帘的是春色如画，进入耳畔的是春光如歌，感受的是春之舞，春花斑斓，芬芳四溢。

不是吗？白鹤给予我惊鸿一瞥，那是灵犀一瞥。白鹤在空中传来话语：我知道宁夏理工学院的前世今生。这里四面环水，十多年前还是寸草不生的荒滩。当地老百姓戏言："白浆土盐碱地，冬天白茫茫，夏天水汪汪。年年种树树不长，年年种树老地方。"一棵树就是一颗心，一株花就是一片情。社会在关注宁夏理工学院的发展，大自然也给予学院以绿荫般的庇护。我感到，白鹤是第一代创业者的化身，白鹤是曾经在这里做出贡献的老教授的化身，他们都回校来看看。大学校园里都有一泓湖水，挖掘荷花池是一种精神的象征。最著名的是北京大学的未名湖，中国的历史波涛和文化涟漪在未名湖里漾动。神秘的白鹤是神圣的使者。白鹤来访，让我动容。我想，干脆就把这个荷花池改为白鹤池吧，将会引来更多的白鹤在校园里飞翔。

从那天以后，白鹤就飞走了。你去了哪里？还会回来吗？

白鹤啊！我的女神，你现在去了哪里？是否把在宁夏理工学院的探寻告诉了你的同伴，告诉了天下所有的朋友？

关于书房

观察身边的人，我时常想，许多人不读书也活得很快乐，许多人读了许多书不一定就滋润。对我而言，有书和没书的滋味是不一样的。

从参加工作到退休，我先后换过五次房子，一次比一次大一点儿，蜗居感总不弃我。说蜗居，是指我的书总是在受委屈，没有机会展示容颜。随着书籍的增多，家里有缝隙之处，都塞着书。开始，我用一个弹药箱装书，后来换成一个手榴弹箱，再后来换成父亲的一个皮箱。父母去世后，我把他们用过的两个大红木箱子用来装书。但不管怎样，有些书总是摆脱不了屈身床下的命运。到了2015年，我终于挤进银川，将一个大阳台改造为书房。

拥有书房的人，应该是一个理想主义者。

女儿问："爸，这么多书，你都读吗？"

女儿问得好。

现在是端午节的晚上。女儿女婿在看世界杯。妻子和几个亲戚陪岳母打麻将。我则坐在女儿为我准备的新书桌前静静地读书，终于读了一本早已买来，放在箱子里忘记了的书。

写关于书房的文字，是想张扬一点书生气。我看到高考结束各地考生撕书的情景，我想知道，考生们在发泄什么，为什么如此厌恨书籍。

我们的家长为什么也跟着呼应呢？我听人说过"知识如果不能改变行动，就没有用处"的论调。我顺着这个说法推论，即知识如果不能改变心灵，读书就没有用处；读书如果不能改变人的动物性，教育就没有用处。在远古时代，人开始驯化野生动物，把野生动物驯化为家畜，并积累了生存经验。于是，我沿着这个思绪追问，撕书者将来会营造自己的书房吗？

出门工作，是因为生存需要；静坐书房，是因为心灵需要。

我五次搬家，每次搬家，书都是最重要的，是绝对不会丢弃的。这次搬到银川，有了书舒展筋骨的空间，整理旧书的时候，一本书里夹着一个泛黄的书签，上面写着"酒满盈，书满架，度过快乐的一天"。我曾自私地想，让妻子好好做保险，我在家做家务，读书写作，那是舒心的生活。妻子说："你想得美。"我年轻时，一次酒醉，摔掉了两颗门牙，人是要为轻狂买单的。醉酒与撕书都是失去理智的状态，看到那些撕碎的书页，我非常痛心。在电视中看到修补旧书的工作，我想，我做这件事肯定能做好。那些记载历史云烟的线装书，让我心静。现在，我也在看电子书，但总觉得屏幕上的文字没有情怀，我不能在留白处写下我的随感。

终于有了自己的书房。在书房里，那些书看着我，慢慢消逝在岁月的尘烟中……

"我不要战争"

神 遇

我在写字时，常发生巧合的事情，觉得心中涌溢出来的文字是通神的。不过，前 20 年是一笔一画落在纸上，后 20 年是敲打电脑键盘，指尖缺少了对汉字神韵的触摸感，有时就提笔忘字。于是我想，造字的仓颉肯定得到过神助。比如今天，我给学生讲电影发展史，讲到了 20 世纪 80 年代初，我看前南斯拉夫电影《瓦尔特保卫萨拉热窝》时的一段经历。我曾把这段经历写成忏悔文字，题为《跳窗事件》。下课后，手机响了，是"书行时光"推送了我的这篇旧作。这是宁夏理工学院的毕业生李柯经营的微信公众号。他把题目改为《课堂》。他改得好。我想到这几年有许多关于文字的巧合令人神往。神一定在悄悄帮助我。李柯在编发我的文章时，穿插了一句评语："岁月悠悠，人啊，感谢恩师。"蓦然给了我激情。是啊，一个人的成长，身边会有几个善良真诚、头脑清醒、心地明亮的朋友，这些朋友是我心中的神，是我生命中的贵人。我能站立在课堂上，就是我的朋友邱新荣对我的帮助，就是我的校长王志厚对我的爱护。当然，我心中的神不能少了我的学生，是他们造就了我，给了我对文字的敬畏之心。我的学生李柯已经步入社会，他酷爱文字，此时此刻，我应该称他为先生。我在那篇忏悔文字中提到的老师是我的班主任郑振江，他是我的恩师；我也难忘我的同学单洪生帮助我的情景。凡是鼓励过我的朋友，在我心中都有神的地位，都是我遇到的贵人。

宽　容

一个人的一生多多少少会有几次"事件"发生，有的"事件"让岁月淘洗干净了，有的"事件"镌刻在骨头上，遇到机缘冲撞就会惊醒。课堂为什么神圣，就在于能唤醒人的灵魂。"空气在颤抖，仿佛天空在燃烧"，是《瓦尔特保卫萨拉热窝》里游击队员的接头暗号，像印章一样鲜艳地盖在我心上。看完电影，我向学生提了几个问题，学生回答得磕磕巴巴。这一代学生不喜欢这类老电影，他们的兴奋点在手机上，即使开设电影发展史这门课程，学生也不在乎课堂上的求索。我并不责怪学生没有思考，"低头族"有他们自己的乐子。我只是觉得大学生看电影，如果还停留在娱乐消费的层面，那就亏了这个"大"字。读书是为了理性地认知今昔，而不是盲目跟风。但是，我向学生提出问题，是有私心的，这是当年我没有思考的问题，我想与当代的大学生沟通，但学生没有给我答案，我只好自己去追寻。事实上，当年我根本没有看懂这部电影。现在，领着学生看，我才感到那时只是看了个热闹。热闹，好玩，与国内的影片不一样，但并不明白为什么好，为什么不一样。哦，年轻时的冲动与激情是靠不住的。当年，我跳窗户逃课去看《瓦尔特保卫萨拉热窝》，眼角上留下了一个永久的疤痕。当年，如果班主任老师不宽容，开除了我，我现在会是什么样的人呢？

悲　悯

　　现在，引起我兴趣的是影片中的老游击队员钟表匠谢德这个人物身上透射出来的人性光辉。他是影片中一个过渡性的关键人物，他的镜头只有三次，但每次都给人深刻的印象。他信仰坚定，做事像钟表一样一丝不苟；他爱女儿，关心徒弟，平和而真诚。他女儿阿茨拉是一家医院的护士，女儿知道他从事地下秘密工作，但从不过问。谢德也知道女儿参加了抵抗组织，就想阻止她，他告诉女儿："昨天又枪毙了17个人，有一个女的，和你一样年纪。敌人像野兽一样，他们不管你是老的还是少的，这些家伙残酷无情。以后你要多加小心。我希望你能活下去，这也是你妈妈的愿望，如果她还活着。"面对战争的恶劣环境，他劝女儿说："人和人是不一样的，人的行为也不一样，有的投降，有的在战斗，有的在等待，你是个姑娘，应该等待。"这是一个父亲在战争年代对女儿的期待。钟表匠并不希望女儿继承自己的工作，也不希望女儿理解，只希望女儿活下去。在战争时期，活下去是父亲向女儿提出的最高的请求。而女儿与一个游击队员相爱，在一个夜晚，参加小组烧敌人卡车的行动中被叛徒出卖，遭受党卫军屠杀牺牲。瓦尔特有一句名言："谁活着谁就能看到。"当谢德知道党卫军设了圈套，毅然决定替瓦尔特去赴死。这个"老练的游击队员"去找自己的归宿。他向徒弟凯玛交代："没有人欠我的钱，有一个犹太人叫米尔维特玛亚，我欠他20克金子。如果晚上我没有回来，就把钥匙交给我的弟弟。"徒弟问他能帮他什么，他只是说："没有，孩子，你要好好学手艺，一辈子用得着的，不要虚度自己的一生。"学好技术，这是今后谋生的需要。这是一个视死如归的老人向后人交代的生活准则，像日常生活一样平静，没有空话，靠近心坎。一个有着坚定信仰的老游击队员身上放射出温暖的人性光辉，充满了人文情怀。

我痴迷电影，在成长的年代却很少看到这样平静而悲悯的画面。我想，这应该是 20 世纪 80 年代中国青年喜爱这部电影的原因所在。他的女儿牺牲了，尸体被弃街头。党卫军一遍一遍地要求家属认领。在认领被屠杀的大学生的尸体时，谢德两眼噙着泪水，坚定地迈出第一步，第一个向手持冲锋枪的党卫军士兵走去，让党卫军试图诱捕瓦尔特的阴谋再次破灭，让党卫军的"劳费尔行动"破灭，让党卫军明白这座城市就是瓦尔特，瓦尔特就是这座城市，凸显出这部电影的经典性。

和 平

战争是人类历史上最残酷的暴行，苍生瞬间化为硝烟。托尔斯泰在《战争与和平》里描述了拿破仑在带领军队即将占领莫斯科时的心境。拿破仑的军队开到了莫斯科城外。拿破仑以征服者的姿态站在波克朗山上眺望莫斯科，他突然怀疑这个真实是否存在。他想起曾经给部下说过的一句话："一座被征服的城市就像一个失去贞操的姑娘。"拿破仑认为整个战争只是他与亚历山大两个人之间的斗争，与两国的士兵和民众无关。他想在进城以后对俄国贵族宣布："我不要战争。"可是，莫斯科在大火中燃烧，成为一座空城，以这种方式欢迎这位不可一世的征服者。作者写尽了战争的吊诡。人类在文明进程中，总是尽力避免战争，也总是在极力发动战争。和平时代，关注战争的有两类人。一是军人。军队是国家机器，是政治制度的基石，要准备随时打仗，运用军事手段进行民族（有时是团体）利益的生存竞争。二是文学艺术家、影视艺术家。他们通过叙述战争故事，反思战争。为什么要进行战争？为自由而战，为正义而战，为信仰而战，为资源而战，为游戏而战，为生存而战，为和平而战……一场战争的来临，原因肯定是复杂的。但战争多数都是为了资源而起。从自然角度而言，"物竞天择，适者生存"；对人类而言，追逐利益，是个体生命乃至社会团体最大限度的手段，尤其在资源匮乏的现代社会，战争是人类最极端、最残酷的竞争手段。战争会放大人性深处潜藏的善与恶。如我国的抗日战争到了僵持阶段，胜败难分的时候，人性中最美丽、最诗意的一面与最丑陋、最狰狞的一面相互碰撞。

对战争的反思，自电影诞生起，就是影视艺术的重要母题，是银幕上的永恒题材。战争废墟、乱世逃离……电影不仅是一门新奇的娱乐艺术，更是一门具有意识形态教化作用的艺术。我经历过特殊年代的磨洗，那个时期的"三突出"创作原则过度强调电影的教化作用，在这种影视文化的遮蔽下，观看《瓦尔特保卫萨拉热窝》这样的影片，眼睛一亮，外国电影还能这样演。后来，国产战争影片越看越多，《台儿庄战役》《集结号》都突破了以往战争影片的模式。

忏　悔

每个时代有每个时代的电影。年轻人爱从电影中学一些新潮的东西。电影也的确引领着时尚，对大众的影响太深了。电影反映现实生活最快，是最前端的综合艺术。电影是时代的精神镜像，想了解一个时代人们的生活状态、情感经历、价值观念以及政治风云就去看电影。从影片中可以捕捉到想得到的东西，也可以从影片中除去精神上的锈斑。因为，电影给观众的视觉冲击是多元的，观众的审美也各有差异，但排解寂寞、跟风观赏则是相同的。在大学课堂上，电影作为一门课程开设，去观看，去欣赏，去分析，肯定区别于日常生活周末进影院的消遣。用什么样的电影文化武装大学生的脑袋，肯定要与公众性的娱乐思维区别开来。因为时代使然，我没有接受过系统的大学教育，这是我生命历程中深为遗憾的事情。现在重看老电影，幡然苏醒，虽已晚矣，但脑袋里娱乐的糨糊已经没有了。战争片作为"一个重要时代活动的全景图"，观照的不只是个体的命运，而是一个国家、民族和团体的命运。战争结束，灾难退去，普通人回到正常生活中，平常的日子迅速掩盖和埋藏了过去。以娱乐为中心的生活观念，实际上就是一种强制性的集体遗忘。

　　一个人的成长需要忏悔，需要救赎，没有忏悔和救赎的人生，是残缺的人生。当"老练的游击队员"钟表匠谢德牺牲时，枪声惊飞了鸽子，钟声响起，这是不是救赎的钟声？我多次问自己。电影拉开了历史的帷幕，擦亮了时代精神的镜像。在物质主义引导下的娱乐消费，造成了一代人对历史的情感断裂。我也需要物质享受、适当消费、轻松娱乐，但我更注重享受快乐生命过程中成熟心志的完善，我还注重历史逻辑，我也注重活在当下的人们，没有必要经历老一辈人的苦难，但必须要有一颗感受民族苦难、个人灾难的悲悯之心，没有这颗悲悯之心，过往的事情还会再来。我成长的年代，老师、家长、社会经常提醒我们居安思危。战争就是摁下了动物兽性机器的开关，历次战争就是这样发动起来的吧。我想借拿破仑的话说："我不要战争。"

寻找心中的神

读完史铁生的《我与地坛》，我问自己："你心中有神吗？"

我觉得，读经典是需要寻找的。今天是读《我与地坛》最恰当的时刻，因为这篇经典散文的作者史铁生于 2010 年 12 月 31 日走了，他的大脑停止了思考，但他教会了我思考。2011 年 1 月 4 日史铁生 60 岁生日聚会上，主人公缺席了。一个叫多春鱼的网友留言说："他的死让所有的中国人都停下浮躁的脚步，静静地思考些什么。"

思考些什么呢？思考生命的终极意义，思考生与死的焊接点，思考生与死的路径。

这几年，我送走了几位亡人，先是我的父母，后是我的四位同学，还有同事及亲戚。那一年，我的一位老校长突发脑出血去世，我到档案馆去查阅他的档案，从一个档案袋里掏出一沓厚厚的纸页，花了一下午时间翻阅这些发黄且被时间尘封的个人履历，一种东西堵在心头。我伏案为老校长写生平简历，在追思会上念了一分钟，一个人的一生，就算了结了。今年春天，我去郑州出差路过石家庄，想去看望多年不见的老同学，他正病着。他在电话里说刚刚做完透析，需要静养，没有气力接待我。其实，他是拒绝了我的探视。老同学这种状况，让我无限怅然。我相信每个人都会有这样的经历。

当然，还有一种寻找来自内心。我的生命历程曾经有一段灰暗的时间，常常觉得活着没意思，不愿醉生梦死，可也找不到活着的方向。曾多次在亲人、朋友、同事面前流露厌世轻生的念头，说自己活到六十一岁就自杀。我不知道自己说这话时亲友们的感受，当时确实想结束自己的生命。史铁生去世后，我重读《我与地坛》，面对这位"用生命书写生命"的作家，面对他的达观与淡定，我的自私、卑鄙使我自惭形秽，无地自容。

哀思与纪念是更深的思考，怅然只有无望。史铁生的文字唤醒了我。不会深思死亡，也读不懂史铁生。20世纪90年代我就去读《我与地坛》，但读不下去。那时，我太年轻了，像史铁生说的，是一个"狂妄的年龄"，哪懂得生命的轻重啊。

是的，人在"狂妄的年龄"不明白为什么活着，也害怕谈死亡。人在快乐的时候，想的永远是快乐。人在痛苦和灾难面前，在挫折和打击面前，在困境和失落面前就会想许多事情，甚至把活着想明白了，把死亡想透彻了。史铁生是凡人，不是天生的精神圣徒，不是生来就坚强。他在散文《我二十一岁那年》叙述住院治疗那些日子，与病魔和死神对话的心理斗争，是生，他欲罢不能，是死，他自杀三次未果，最终，是友谊医院和朋友将他从欲死的念头中唤醒。他那些哥们儿太好了，送书给他读，给他写信，给他唱陕北民歌，给他鼓励，让他在欢乐中"暂时忽略了死神"。"友谊一直就这样在我身边扩展，在我心里深厚……朋友们走了，我开始想写点儿什么，那便是我创作欲望最初的萌生。我一时忘记了死。"他多次说："我没死，全靠了友谊。"史铁生双腿残疾，但是他认识了神。神有一个具体的名字就是精神。

我四肢健全，思想却是浅薄的。虽说生命的价值不在于长短，而我不敬重自己的生命其实就是不敬重为我提供生命条件而辛苦劳作的人们。现在，我确实感到良心不安了。产生轻生的念头，是因为我没有责任感，没有思考人生的意义，没有寻找到精神的宿营地。

史铁生双腿残疾了，是一个残忍的事实，后来得了肾炎又发展成尿毒症。他说自己"职业是生病，业余在写作"。这个时候，我听到他灵魂的喘息，感受到他思想的深邃宁静。他留给世界以思想，也留给世界以生命，鲜活的生命。有人临终的时候，还没有想清楚活着的问题。我是健全人，我可能会走到高处，但不一定能走到贵处。

高贵很难寻找。

史铁生留给我们的财富是关于失败、命运、灾难、爱情、心智、时间、自卑、欲望、生死的思考，让我找到自己的影子，让我从浅薄中走出来。史铁生让我更加坚信文学的力量所在。他患有多种疾病，这大概就是命运，是无法摆脱的。他的名字叫铁生，可命并不像铁那样硬，如瓷易碎，他却没有屈服，留下丰厚的文学作品，对人类命运作注释，《命若琴弦》《病隙碎笔》，这些作品都是啼血命运的真实写照，给了我真诚与温暖。这就是文学的力量，让我做一个健全的人，《我与地坛》让我思考人生与时代。

一个做了母亲的人说："史铁生的作品是最可以放心地推荐给女儿的。"望望天空，我长期呼吸着什么样的空气，拧开水龙头，我饮用着什么样的水，就明白了这是一位会读书的母亲，她知晓选择什么精神产品滋养孩子的灵魂。阅读史铁生，我发现这是一个多么纯净的世界，纯净的空气、干净的水、绿色面包对孩子的成长有多重要。我时常会问自己怕什么，我怕麻木的心灵，久居污秽而不觉其恶臭。我想借用张建波在《死亡是他倾心思考的母题》里的话感谢史铁生："反观当代社会镜像，当爱情简化为性，友谊简化为交际，读书简化为影视，一切精神价值简化为实用价值时，史铁生以对精神灵魂的执着追寻，对绵绵爱愿的恒久关注，使精神灵魂在他身上栖居，爱愿在其身上闪现。"

史铁生走后，关于怀念他的文字看了许多，续小强的一句话像一记重拳击倒了我："怀念别人，往往是纪念自己"。这应该也是史铁生的用意。我看了史铁生生前的许多照片，多数情况下，他都在面对我开怀大笑。只有笑看人生的人，才能写出如此美丽的文字。何立伟回忆说："铁生有很特别的气场。你挨近他，就会觉得自己脱离了低级趣味，会觉得自己有向上的欲望，会在一瞬间追求崇高和美，真的是奇怪。"是的，我也感觉奇怪，阅读史铁生的文字，我即刻否定了自己，同时安静下来。史铁生在知青岁月的最后 500 天，是在阅读马克思《资本论》的思绪中度过的，他被《资本论》的逻辑力量所折服。他也多次对朋友说："我的作品，文字来自鲁迅，而思辨源于马克思。"想想自己，读过《资本论》，但半途而废，读过鲁迅，吸取了什么精神力量呢？

读经典，应该是为了反省自己吧。

关于生死、孝顺，关于人生责任的一些问题，我明白得太晚了，或者说，我的成熟来得太晚。我常常从残疾人身上得到许多人生的感悟，这是健全人的悲哀。

现在来看，中国当代史上有两个"铁生"，一个属于人类灵魂的史铁生，一个属于庸俗政治的张铁生。年少时，我不谙世事，向张铁生学习做"白卷英雄"，到了知天命之年，我从史铁生的著作中寻找生命的意义，寻找心灵的支撑，这大概就是命运吧。史铁生失去了双腿，却永远站立在人间，他的生命已经消失，却得到永生。面对失去与获得，失去成为人生痛苦，获得成为人生贪欲。

地坛是曾经的圣地，现在时过境迁，成为荒芜、被人遗忘的"一座废弃的古园"。就是这样"一座废弃的古园"成就了史铁生。史铁生在地坛从青年走到中年，度过了生命中最重要的一段岁月。地坛对过客来说，只是一个普普通通的公园，对于史铁生来说却是再生之地。

地坛接纳了命途多舛的史铁生，"它为一个失魂落魄的人把一切都准备好了"，史铁生坐在轮椅上有了更多的遐想，这是一种"宿命的味道"。史铁生是认命的，"一下子就理解了它的意图"，这就是缘分。于是，多年来，史铁生吸吮着园中沧桑与沉寂的气息，咀嚼着自己生命的脆弱与坚韧的味道，与地坛展开了灵魂的对话。

最初，史铁生来地坛是为了"逃避"命运给他带来的麻烦。史铁生失去了劳动能力，就在园子里"专心致志地想关于死的事"。躯体健全的人到了晚年才会想这个事。一个青年突然残疾了，并且刚二十岁出头，就不得不想为什么活着，而且是"专心致志地想"。一个人残疾了或者病了，几乎就与社会脱离了联系。那种寂寞谁能忍受得了呢？"最后事情终于弄明白了"，是地坛的每棵树、每株草的启示。生命最终要有一个结果。为了追寻这个结果，不必急于去死，有了结果，死亡就是降临的节日。躯体健全的人不一定想得这么深刻，也不一定这样想。

想通了，"剩下的事情是怎样活的问题了"。明白了死的意义，才知道活着的价值。对于常人，死是透明的，活着却很模糊，或者是糊涂的。一个人如果常与宁静为伴，与思考为伍，那么他总会有交谈的对象，这个对象不是别的，正是自己的内心，是自己的灵魂。只有会"窥看自己心灵"的人，才能想透这个问题。生死是大问题。生渺渺，死茫茫，捉摸不透，猜测不清，而正是这种难以解释的朦胧之景，才催发了古今中外多少哲人不断探索，陷入生死的讨论中不能自拔。

史铁生在古园中诉说对生命的真切感悟，对生死的哲学思考。他看到落日把人间的坎坷照得灿烂，他听到雨燕把天地叫喊得苍凉，他联想雪地上孩子的脚印，这双稚嫩的脚将走出怎样的人生之路，他看到那些苍黑而镇静的古柏，不为物喜，不为物忧。还有暴雨、秋风、早霜，都让他闻到了自然既摧残生命，又复苏生命的味道。生命如落叶。"落叶或飘摇歌舞或坦然安卧，满园中播散着熨帖而微苦的味道。味道是最说不清楚的。味道不能写只能闻，要你身临其境去闻才能明了。味道甚至是难以记忆的，只有你又闻到它你才能记起它的全部情感和意蕴。所以我常常要到那园子里去。"我想，"闻"就是一种感悟吧。

史铁生闻到了，同时也告诉我人生的四种境况：

飘摇……

歌舞……

坦然……

安卧……

不惧怕人生的飘摇，但要警觉人生的歌舞，才能坦然面对人生遭遇的各种挫折，安卧最后的人生。

朋友，老地方见

　　中国文化的根系庞杂深邃。眼睛看到的这个叶茂枝繁的巨大冠盖给了我们日常生活的绿汁，流淌在唇齿间，具有修饰作用，让我们的脸面光泽鲜润。而有许多根脉的触角四处延伸，触摸着我们的生存状态。我美其名曰"隐性文化"。这就是人情社会、熟人社会和圈子社会。人情练达，世事洞明，都绕在这个"熟"字上。

　　熟，可遇不可求。

　　你无论走到哪里，在什么样的屋檐下端饭碗，经营什么样的熟人圈子，虽说以个人的性情而为，但这是你混社会的招儿。朋友、同学、战友、同事、乡党数日不见，到了节假日，总会相约一家熟悉的餐馆，觥筹交错，把酒抒怀。而餐馆则是行走江湖的驿站，是信息与情感互动的地方，达官贵人，商贾显要，街头瘪三，三教九流都会来聚首。各色各类人物在这里观市井生活，看百态人生。以我的体会，朋友是老的好，而吃饭还是老地方吃得舒心。熟，要去维护，礼尚往来。熟了，相知相悦，情感渐深，就是好友了。

　　于是，朋友，老地方见吧——

　　去"熟地一巧厨"是多年前的事了，那时，这家餐馆叫"熟地一烩"，朋友来了，仰头瞧牌匾，说："这个名字有亲和力。"我笑着说："熟地常来聚友情啊！"朋友答："是啊，吃家常菜，有回家之感。"当时，"熟地一烩"算一家中等规模的餐馆，楼上是雅间，楼下是散座。近年来，经济不景气，食客少了，老板就缩小了经营规模，将楼上盘出去，只留楼下五六个散座，在特色上下功夫，吸引回头客，名字也换为"熟地一巧厨"。有一次，我与三个朋友又去那里吃饭，谈得欢畅，忘记了时间。老板娘说打烊了，催了三次，我们意犹未尽，没有离开。她也不硬催，直等到我们尽兴而归。

以后，常来这里，多夸店名好。老板娘带着浓厚的南方口音说："熟地是一味中药名啊。"

哦，舌尖上就有了那种气韵。第一次光顾，环视店堂，墙上挂着几幅字画很特别，有种风雅的味道在鼻翼下弥漫。现在，是中药，莫非这里的经营特色在向药膳饮食方向发展？熟地这味中药的功用很多，是六味地黄丸的主要成分之一。店名只是一个符号，饭菜好、服务好、环境好，才能在饮食业竞争中找到位置。而我知道了"熟地"的文化含量，顿觉文化可餐，肚子容易填饱，文化却成为心境里的一个图景。

来的次数多了，在"熟地"的陌生感逐渐消失。点菜的时候，就与老板娘闲聊几句。她的家乡在江南一个小镇，来塞上小城开饭馆已经有十多个年头了。她把江南女子的灵秀与聪颖带给这座塞北小城。我也有开饭馆做生意的体验，十分敬仰靠智慧、靠双手、靠勤奋打拼一番天地的个体劳动者。

这样，就与老板娘成为熟人了，留了电话，加了QQ和微信。有一次，我一个朋友对"熟地"墙面的两幅花鸟画赞叹不绝，老板娘眼睛一闪，唇齿含笑，说这是她画的，是早期的作品，很幼稚。我抬头观赏那两幅画，画面上的鸟儿站在芭蕉叶上正起喙鸣叫……。她的话随意轻松，恰到好处。"早期的作品"，是一份谦虚，是一份自信。这增添了我对她的好奇。

这样，我们就有了信息交往。她给我 QQ 发了一篇文章，题为《游走在初秋的田洲塔》，开头是这样的："塞北的小城总有一份区别于其他城市的个性，被落叶惊醒的午后，还残留着一丝夏的倩影，端坐在银川平原深处平罗县姚伏田洲塔，依旧是那么的气定神闲，稳若泰山。干净的寺院，寥落的人群，显得这里少有的寂静。"

这段文字如一幅画，平静淡雅，却气势开合，干净洗练，透着诗味，太美了。我看了"被落叶惊醒的午后"，即刻想到作者端坐在灯下的神态。一个女人既有日常生活的烟火味，还有内心坚守，足见质地淳厚。身边常常出现物质味弥漫的女人，有质地的却少。这种好奇来自老板娘的精致。她精致而素雅，泰然自若，赋予来之不易的每一块生活的铜板以自立的风骨。她告诉我，在经营餐馆以外，她还在学习写古体诗词。

不久，我在 QQ 里欣赏到了她的两首七言律诗：

北武当登高感怀

北武当顶现奇峰，习习天风荡我胸。

脚踏群山松作杖，身临绝顶心境通。

遥看峻岭烟波渺，俯瞰煤城景象荣。

黑土安邦兴伟业，琼楼拔地入云中。

沙湖秋景

湖天一色漾秋光，枫火贺兰鱼米乡。

雁翼长空鸥逐浪，歌摇短棹曲随桨。

白翁垂钓逍遥乐，稚子戏玩苇荡藏。

晓岸西风烟波远，银河直上万里江。

对她的古体诗造诣，我不敢妄加评说，只有略略赞叹。但她依然是谦虚，说只是就看见的东西写点感想，真不懂那些格式，所看所想，仅此而已。好一个"仅此而已"。看得出来，她热爱古典诗词，长期保持着对传统文化的饥渴状态。这怎么不让我敬佩呢？赋诗作画，是为了表达心中的高贵，热爱生命的绚烂，更爱生命的平静，爱花朵的鲜艳，更爱花朵的无言。

她时常在朋友圈里发自己创作的诗词。宁静恬淡，超凡脱俗，我时而读读，不发表看法。言为心声，画为心痕。这里牵扯到表达与倾诉、入世与出世、寄情与消遣、表现与记录、怀疑与批判、帮忙与帮闲等文学观的问题。我说一点愚识，现代人，对古诗词有一些常识就行了，保持业余爱好，作为一种古典文化修养足够了。如果专心执笔，那需要多么深厚的语言修炼啊。多年养成的阅读习性，我心仪思想震撼灵魂的诗文。当前，学写古诗词成为一种时尚，但现代社会已经失去了古诗词写作的语境，平平仄仄，对仗押韵，捆绑思想，不能尽言，实在痛苦。有些朋友的古体诗词写得有字无意，落于游戏的俗套。不过，文学起源本身就是一种情感游戏。每个人都在选择滋润心灵的文化价值，我只是说说自己的看法，这一点不影响我对老板娘的敬佩。现在，文化成为一种招牌，说文化的人不一定有文化。"熟地一巧厨"的老板娘在默默地做着自己喜欢的事，所以，每次到这里落座吃饭，是一种享受。

我在朋友圈里读到她的七律诗《写在南京大屠杀死难者国家公祭日》，抄录如下：

雨花台前警钟鸣，秦淮河畔祭亡灵。

莫忘倭寇记国耻，尤恨汉奸作顺民。

岂容小丑掀浊浪，且放狂潮灭蟹兵。

国富民强威自立，烽烟再起请长缨。

读多了她的风物诗和婉约诗，这首诗大气，诗风骤变，境界恢宏，豪放之势逼透我心。我喜上心头，欣欣然，有了写一点文字的激情。把自己练就为一个精神贵族，虽然是个人的事情，但我敬仰这样的人。

因为，我一直记着一件事。老板娘出过一次车祸，做过开颅手术，从地狱回到人间，体验了濒临死亡那一瞬间的平静。她曾开玩笑说，那次车祸撞开了她的脑壳，也撞开了她热爱艺术的心门，是一次灵魂出窍的生命体验。

后来，提到那次车祸，她又说，历经生死，不是每个人都能幸运逃脱。感恩醒来呼吸的第一口空气，一切那么美好，还有什么可牵绊自己，不好好珍惜生命中的每一个拥有？那都是上天给自己最好的馈赠。

后来，我多次与她交流，她总是说着同一句话：感恩生命，能够活着真是一件幸福的事情，什么得失成败，哪个能够跟生命比较呢。

后来，她还说，车子撞开了她心里的一个结，撞宽了心里的格局，让她变得不再计较太多的事情。

虽说灾难突至，但很幸运，让人开悟。开悟是一件多么不容易的事啊。哦，难怪，她的诗句幽深空灵，花开禅心，鸟鸣禅意。一场灾难给了她深远的启迪，这真是人生的大幸。

朋友，现在，获得禅悟，得到人生大幸的老板娘来了。你看，她身着一袭绛色的旗袍，目光清澈，款款而至，莞尔浅笑，将菜单递到你面前。

她姓武，名芳竹。

与武芳竹相识，给了我太多感慨。我想，人生如花，人生如泥，人生如歌。武芳竹每天的生活就是平静地开张打烊，平静地关心孩子的学习情况，闲暇时平静地泼墨，平静地推敲诗句。平静的岁月后面是最真实的存在。

三人行，必有我师。于是，向武芳竹学习，我也诌了两副对子：

经营餐馆为稻粱，潜心诗画酿酒香。

酒香幌子在熟地，胸藏笔墨写芳心。

武芳竹看了，应景对答了一句诗：

梅插砚池生花事，竹芊画苑起芳心。

甚好。

写给编织年代的献词

　　我外孙女一岁生日，文友张福华送来一份礼物，是手织的毛衣、毛裤、帽子和一双心疼的小鞋子。毛衣以黄色为主色调，蓝色的花边作为衬托。小鞋子呈绿色。不久，她又给我妻子织了一个素雅的提包，材质是白色的冰丝线。

　　张福华的手织品，颇有岁月之情。那密集的经纬线来自生活，毛线绕指如柳丝一样，两根织针挑出了多少情爱、多少友谊。我想，把她所有经手的毛线拉长，会编织出数不尽的人间情爱。织毛衣，是那个年代流行的时尚。现在的编织则是为了享受，从她手指间诞生的一件件毛衣、毛裤等毛线织品成为艺术品。她织毛衣的时候，指尖上跳跃出灵动的芭蕾。看过刺绣、看过画彩蛋、看过剪纸、看过在葫芦上烫画，但它们都没有织毛衣的女人给人以温暖。刺绣、彩蛋都是艺术化的商品，唯有毛衣是生活化的心灵艺术，充满了人情味。我想起来，读《战争与和平》时，贵族小姐娜塔莎也在学织毛衣，顿然，那一行行文字如壁炉的一团火。

　　夏夜的繁星逗留在指尖上，让我对那时女人们指尖上流淌的日月晨昏萌发了极大的默想。很久以来，我以为生活的质感在前方，前方迷人的东西更多，充满诱惑。其实不是，日子被甩在身后，只是顾不上回望。一针一线穿梭着生命的活力。手是女人的第二面孔。现如今，我会从女人葱白一样的手指上读出颜值。一位诗人说，戒指显露出手指的表情。我小时候，鲜有戴戒指的女人，而织毛衣则是女人不离手的活儿，手指上萦绕毛线的女人处处可见。那时，没有电视，也不流行广场舞，女人们串门手里必有毛线活儿。女人们织毛衣的姿态各异。毛线活儿丰富了女人的手指，毛线团缠住了女人的眼神。姐妹们凑在一起聊天，手指飞快地挑动，毛线的色泽在指尖和话语间闪烁着光芒。

女人们知晓寒暑，精心编织家庭的幸福生活。两根针，一团彩线，勤勤勉勉，孜孜不倦，目光坚定，在灯下的闲暇里为家人送去冬天的温暖。那时，物资匮乏，生活的艰辛最先抵达的是女人没有护肤霜保护的裸露的双手。那时，女人们都在自制门帘，方法是把旧挂历剪成二寸长的纸条，卷成一个个空心的橄榄球样的小纸卷，打上糨糊粘结实。一个纸卷、一个纸卷卷下去，很费时日。纸卷逐渐多了，就刷上清漆，用尼龙细线串起来，摆开，等与门的宽度相同了，就督促男人钉在一个 5 厘米宽的板子上，提起来，哗啦啦，发出铜铃铛一样的清脆之音，一条漂亮的门帘斑斓晶莹，铺展出一挂彩色的瀑布。在西北地区，女人们还用沙枣核做门帘，这要花多少精力和时间啊。我曾看到妻子的拇指上裹着胶布，那胶布裹住了织针不断摩挲手指留下的伤口。女人们在编织幸福生活的时候，埋藏了心中的隐痛，把快乐和温暖展现给家人。

当奶奶以后，张福华捡起了年轻时拿手的毛线编织活儿，把自己的喃喃细语编织在花团锦簇的彩线里。

每年立冬，我都穿一件浅蓝色的旧毛衣迎接冬天的到来。我只穿 15 天左右，就脱下来接着收藏。这件毛衣比较厚实，是我妹妹织的，与现在的羊毛衫相比，有些笨重，但我穿上这件毛衣似乎整个冬天就不冷了。毛衣的袖口已经脱线了，密集而温暖的毛线针脚透露着那个年代的风雨，胜过保暖的实用价值。织毛衣是那个时代的生活韵脚。

那个年代，男人们身上都会穿上母亲、姐姐、妹妹，或者恋人给织的毛衣。我默想心目中的伟大女性织毛衣的心情。据说，织毛衣的女人，有手紧与手松之别，从中可以看出这个女人过日子的心境。作为文友，我确定，书写与编织是张福华不能割舍的精神天地与生活气质，是她的心灵深处发出的最自由最朴素最神秘的声音。

初学织毛衣，指尖的个性还未开发，都是最简单最易学的平针。

女人们见面，互相交流切磋技艺。阿尔巴尼亚针、麻花针……就不自觉地钻进耳朵。她们根据自己的志趣在自然中选取审美对象，落实在针法上。谁能说编织庸常呢，这是一种创造。张福华告诉我，编织针法有200多种。观赏女人织毛衣，是一件十分愉悦的事情。劳累了一天，不管有多么辛苦，女人拿起没有完成的作品，指尖就醒了。于是，大地上的事物和生活中的景致就在灵动的织针上铺展着美感。蝴蝶在手指尖飞起来了，小白兔的耳朵在手指尖支棱起来了，大黑猫在手指尖睁开了沉睡的眼睛，还有梅花鹿飞跑时的姿态……尤其喜欢张福华给孩子们织的一件件衣物，大手握小手，大手握小脚丫子，肉乎乎的，鲜艳、稚嫩、可爱，成长之路宛然映现。

生命如织。张福华把刚刚织好的一款造型如老虎的小鞋子送给朋友的孙子。小家伙摸着绵柔的毛线，他脚下的路是绵长悠远呢，还是艰难曲折呢？

想起煤和树的传说

1

一棵苍茫大树孤零零地生活在幽静的山谷里。俄国著名画家希施金发现了它，让它永恒地站立在世界绘画的艺术长廊里。后来，这幅油画就成了1978年的年历风景画，贴在我单身时的床头。第二年，我用这幅年历画包装了《静静的顿河》的封面。

人类是从森林里走出来的生灵。森林是人类的栖身地。希施金被称为"森林的歌手"，他是树的知音。而肖洛霍夫则是草原的知音，他用诗意的笔触描述了顿河流域的哥萨克在战争中的生活，草原的气息、春天的泥泞、树林、奔驰的骏马、主人公葛利高里的忧伤……

于是，我想，写作就是与知音谈心中的忧伤。

2

"五亩之宅，树之以桑。"在陕西农村老家，房前屋后都有树，门前有槐树，屋后有梧桐，院内有柿子树、梨树、杏树，还有花椒树。9岁那年，在甘肃临夏，第一次发现好吃的核桃竟然神奇地挂在树上，像一颗颗铜铃铛，摇响了暮秋。结识贺兰山时，我还是一个少年。春天，与伙伴们去爬山，登上顶峰，站在山尖上大喊大叫，疯狂地告诉世界："我来了！"似乎自己是世界的主宰，不可一世。放眼山下沙石漫卷的荒漠野地，苍穹之下，山巅之上，苍茫无际的荒凉挑战着少年的心智。目光碰上坚硬如铁的岩石，火花四溅。绿风吹拂，点点滴滴，邈远的岁月教会了少年认识自然，天阔地广，开放无边，为人的生存投放了无限的遐想。

3

少年放眼的地方在贺兰山东麓北端的洪积扇面上，是因煤炭而兴起的移民城市。如今煤城已远去。一个甲子也让少年鬓染白发。昔日的煤炭，今日的绿化树。老辈人说，矿井里的煤就是地下的森林，一枝一叶映深情，有挖掘不尽的故事。煤炭是怎样生成的？地质学家说，煤炭是亿万年前地球对人类的馈赠。煤炭的故事诱惑少年走进矿井，成为森林中的一棵树，伸展着枝叶和根茎，踩在松软绵厚的黑色的腐质物上，倾听地壳漫长的运动，感受黑暗的窒息与空气的隔绝。地火在燃烧。少年和他的草木兄弟们经过亿万年的物理化学反应，形成了黑色的沉积岩，变为贺兰山深处的煤。

我在燃烧。

我是一块可以燃烧的煤炭。我的前世是远古森林。我不禁想，树木是绿色文物。亿万年前的森林是谁在养护？现在，我们种树，就是给亿万年后的人们积存无尽的能源。这里的绿色终将会被写进历史的书页，是这样吗？我的先人们。

4

植下第一棵树，乡音就变了，就把自己种在这块土地上。我与我的城市同龄。我给自己的城市穿上绿色的衣裳。人进沙退，荒凉一寸一寸缩小，松树慢慢覆盖了山坡。青山如黛，山色有了水分。西北风不再粗粝，有了湿润的气息，柔软如垂柳。城市西高东低，头枕苍山翠绿，足濯湖水烟波，郁郁葱葱，绵绵柔柔，绿色氤氲在城市的各个角落。自然在变，人也在变。沙尘天气预报逐渐淡出日常生活，行云流水洗净眼帘。在绿色的熏染中，鸟儿的目光让人顿生善良的暖意，奏响碗筷与锅灶的交响曲，日子就有了讲究。60年来，我最向往的是贺兰山南麓的原始松林，这里盛产的"贺兰山"牌紫蘑菇营养价值高，特别名贵。七八月份，我与朋友约定，进山采蘑菇。暮春一过，我就急切地盼望这个愉快的时刻赶紧来到。

"天街小雨润如酥，草色遥看近却无。"60年前，草色的心跳微弱而单薄。这里土壤少，沙石多，常年干旱缺雨，年降雨量150毫米，蒸发量2700毫米，植被稀疏，盐碱地裸露，生存环境较差，树木成活极难。活下来的树根扎进泥土，树身却悄悄向东倒去。因为，这里常年刮西北风，风牵引着树苗的成长走向。若干年后，树如碗口粗了，如水桶粗了，如水缸一般了，想抱住一棵树，双臂不够长了。当年的那些树铸成了一种势不可当的阵容。贺兰山下风口的那片林带永远朝着东方，像接受检阅的士兵举手给太阳行军礼。这个景象，令人肃然起敬。

日月运行，四时有序更替。春天来了，鹅黄色的音符在树梢上发出第一声颤音。清晨，被鸟鸣叫醒了。忆往昔，地理书上有一个名词叫戈壁滩；看今日，有一片绿洲叫湿地。而那些年，沙尘暴是春天的呼吸，是生活的常客。树的生长，离不开护理和扶植。护林人最大的辛劳是让树喝饱，让根须顺着水流向地下走去。于是，在朔风吹拂、沙尘暴肆虐中，许多树顺风而长，形成了自然姿态。人们在注目一棵树的挺拔英姿时，不会顾及还有一些树的腰身是弯曲的。"病树前头万木春"。生活在常年干旱的宁夏北端，我倾心时间的绿色，对绿色有着说不尽的渴望，但在少年时代，我的目光苍黄无染。成年以后，我行走，就格外关注那些身姿特别的树木。

有一棵树，它的身体紧贴泥土，像给土地磕等身头。树干有水桶那么粗。狂风大作的日子让人烦透了，你倾听大地的声音，盼望风和日丽。然而，我看到，你偎依在另一棵树的肩膀上，昂首向天，骄傲地伸展着枝叶，向天地展示着宽广的绿荫。

我很早就注意过一棵苍老的槐树。它的年龄比我大，守望在马路旁。这棵树分出四个枝干，树冠如盖，使枝干承受着巨大的压力，最大的那个枝干中间已经出现一道巴掌宽的裂缝。几十年了，我走到这棵树跟前总要抬头看看，预想这四兄弟分裂的情景。四兄弟长大了，有各自的生活，早晚要分家。家的根须牢牢地扎进大地，向生活的深处蔓延。有一天，我看到园林工在拯救这个将要分散的家。他们用八号铁丝加四个木板把断裂分离的枝干捆绑起来，用这种办法牵引他们不要离开母体，永远吸吮大地的乳汁。

6

沙枣树是西北荒漠之地常见的树种，深受西北人喜爱，是最忠诚的防护林作物。庭院四周、田埂路旁、渠坝沿岸、河堤之上，随处可见它的身姿。沙枣树耐旱，树身虬髯苍茫，树叶呈灰绿色，五月开花，花色粉黄，如星星一样亮泽，秋天结沙枣果子。一棵沙枣树的经历，远比我的生命更为长久。游子归家心切，远远看到村头那片沙枣树林，就加快了步伐。枝叶关情，在沙枣花盛开的时候，陪沙枣树站一站，深深吸吮沙枣花散发出的芳香，站久了，所有跋山涉水的沧桑都会释然。我曾经在银川福满苑小区住过一段时间，小区门前有一片沙枣树林，林中有一棵沙枣树只有一个枝干，腰弯得很低，深情地给大地鞠躬。树皮已经脱落，闪着滑溜溜的包浆。我想，那秋天打沙枣的竹竿，小孩子骑在树上吃沙枣的景象，人间的面孔在慢慢腐烂，而天地间的草木永远无边。

7

多年前，我从教的学校院内有 8 棵银杏树。这 8 棵银杏树是师生寒来暑往的风景。秋色金黄，如扇面的银杏叶格外养眼。我给每位毕业的学生赠送一枚银杏树叶作为书签，留忆中学的时光，也告诉他们永远保持读书的好习惯。后来，学校与其他学校合并，校园的地皮卖给房地产商。8 棵银杏树不知去向，不知死活，实在让我挂念。

脚步所至，所见树木在眼前浮现。在额济纳旗，那死去千年不倒的胡杨树定格在心中。江河万里，山川如画，香山红叶，南国木棉，椰风橡林，美不胜收。人与树木唇齿相依，难分难舍。我想，离开故乡，就是离开一棵树。曾经开车穿越秦岭向南走，随处可见树叶如扇的棕榈树。棕榈是一种观赏树，全身是宝，木材用途广泛，尤其是制作工艺品的嘉木，花和根还可以入药。有许多珍贵树木只是听说，没有见过。那古朴典雅的檀木，香气芬芳，坐在檀木椅子上，总能给人一种怀旧的感觉。从樟木箱子里轻轻取出一本线装本的古书，那情态该有多美。树陪同人站立在大地上，人也是树的伙伴，常常摄取树魂，依靠树木建立生活的品质。百年后，物是人非了，那些抚摸过的木纹里还储存着人的气脉。身后，还要向树木索取一口上等的棺材，装下自己的肉体。

8

我国黑龙江的伊春被誉为"红松故乡"及"祖国林都"，去伊春看看，成为我的向往。我没有见过黄山的迎客松，也没有见过福建的榕树，但在韩城，我看到了司马迁墓冢上的古柏。坟上种植柏树，是一种风俗，是对死者的爱护。司马迁墓冢上的柏树树干分为五枝，如巨掌撑天，似蛟龙盘旋，蔚为壮观，当地人称之为"五子登科柏"。司马迁的遭遇是对人类光辉的守卫，司马迁个人的生命是对人生阴险、险恶的挑战。瞻仰司马迁墓，我想了许多。司马迁活着，证明历史的真相，说真话，不虚美，不隐恶。湖南郴州有一棵古樟树，被命名为"文星古樟"。这棵古樟树已有1200多岁了，相传是"唐宋八大家"之首韩愈当年被赦北归时，途经此处种下的。当地百姓世世代代嘱咐后人爱护这棵樟树。那一年，当我看到这个消息时，油然想起柳宗元的"顺木之天，以致其性"的种树之理，否则，这棵古樟树也不会活这么久了。观韩愈种下的树，读韩愈的千古奇文，顿然有些醒悟，小时候读死书，背诵柳宗元的《种树郭橐驼传》，终不明其寓意，现在到了总结的年龄，方知种树如育人，种树如治理啊。

9

人常说，一枝一叶总关情，而实际上，草木的灵性是人无法比拟的。一棵树的眼睛放射出潮湿温柔的光芒，会照亮远方。在宁夏隆德县城中心有一个"古柳公园"，保护着当年左宗棠进新疆经过隆德时种下的柳树，现在还留下几十棵"左公柳"。公园里建立了一道植树浮雕墙，千百年来，祖先的植树史话和诗话赋予古铜色的浮雕以灵性。如《齐民要术》记载了古时候种树之民俗，说每家生儿育女，给每个婴儿栽20棵树。到结婚年龄，20棵树成材够结婚用。现在的贵州侗族还有其俗，称"女儿杉"。孩提时代，听老人讲，种活一棵树，留下一条命。传说三国时期东吴名医董奉隐居庐山为人治病不收钱，只要求重病人治愈后植五棵杏树，轻病者种一株，积年蔚然成林。诗人邱新荣写下这样的诗句："吴董奉不求回报／不求火焰般的甘浓／只求一株骚动的杏树／烘托自己的风景"现在我的年龄也到60了，晓得了一棵树的成活、成长、成才，完成的不仅是苗壮挺拔，冠盖成荫，而且实现的是生命的多元目光。树与人的亲密关系是说不尽的，树活一层皮，人活一张脸。但人活不过树，树木知兴衰，往事已作古，看不见摸不着，唯有一棵古树穿透风雨而站立。人往往会被遗忘。树枝岁岁抽芽，树叶年年飘落，让人倾听绿色的吟诵，让人谛视岁月的风云。树认识我，这才是最为珍贵的财富，至于世间的珠宝金银，都轻如尘埃。树木关乎天籁之音。槭树和云杉是制造小提琴的优良树种，工匠将槭树和云杉的自然品质结合起来，才能在琴弦上演奏可忧伤、可激越、可舒缓、可悲壮的乐章。因为自然界无限丰富，不能容忍单调，所以小提琴的面板用云杉做成，而背板用槭木做成。面板和背板发出不同的音质，两者的结合就是一个全音，纯净而透明，浑厚而优美,就像两种贵金属熔成的合金一样,刚劲而坚固。希施金被称为"森林的歌手",就是因为他能听懂自然界的神性之音。大自然不喜欢泄露自己的秘密。种下一棵树,就是种下一颗心。成活一片林,就是懂得自然之心。

树木给人类带来无尽的好处,可是,为什么还有那么多刀斧手在砍伐我们心中的树?

2018 年的一些事

2019 年元旦还在路上，朋友圈里的祝福已经爆响了，人们急不可耐地要过新年了。敲钟人送走了 2018 年的焦虑、绝望、挫折、悲伤、哭泣、苦恼、邪恶、惊恐、生气、伤心、自卑、病痛……我在倾听，倾听，过去的声响慢慢远去，慢慢摇晃在回忆中。

曾经的日子有过紊乱，现在的日子过得平淡而干净，没有一丝杂音。我注重脚步的始终如一，坚实的行走是对寂寞的守望。路漫漫兮，写作的过程是一个大寂寞，懂得煎熬，才能获得绚烂的落日美景。对此，我深信不疑。我虽然对虚拟的东西有些不适，但世间的真情不能错过，这种传播让人心动。热情地迎接朋友传来的祝福吧。新年快乐！

回眸 2018 年，有几件事情还是值得备忘的。

带着记忆下课

我与王庆嬴校友，同在原大武口洗煤厂中学毕业。她是 75 级的，我是 77 级的。她也是老师，从教体育到教语文，想把自己几十年来的教学体验写下来作为纪念。得知我是一个写作者，请求我帮助完成这个心愿。她说自己爱好文学，但从来没有写过东西。我以为这是寒暄，就痛快地答应帮她看看文稿。厚厚的两个砖头块一样的文稿摆在我面前，手写体，字体工整。我翻开读了几页，有些蒙。这不是纯粹的文学叙述，只是工作经验和总结，但表达真切、纯朴，我听到了一个小学语文老师的心跳，看到了一个小学老师几十年在教学上付出的心血。2018年的头三个月，我帮助她梳理、归类、修改，并给她写了序。这也让我看到了自己在爱写作的人心中的位置。长期以来，我活得比较本色，从不考虑他人对自己的评价。一个写作者最好拿作品说话，哪怕一篇小散文。而在她心中，写作者很神秘。

赠人玫瑰，手有余香。这是2018年最大的快乐。

一个诗人的历史情怀

诗人邱新荣是我在文学上的引路人。36年了，我们结实的友谊没有缝隙可怀疑。他写诗，在电脑键盘上敲不出诗情画意，一直用笔写，手握钢笔，汉字之韵汩汩流出。于是，我阅读他的手稿，帮助他录入。30多年了，他一直致力于历史抒情诗《诗歌中国》的写作。著名评论家李建军评价说，他的诗歌创作是诗的历史，也是历史的诗。一个优秀诗人的价值就是站在时代与历史的纵横坐标前。他的诗语言浅白，读后有所领悟，就不想放下，就像站在没有风浪的大海前，平静淡然，感觉深邃的海面下有暗礁，有潜流，有回旋，有海沟，有惊涛骇浪。大海无言，呈现的是蔚蓝色的历史画卷。在他这里，没有创作技巧，诗本身就是技巧。最高的技巧就是无技巧。

我深切地感到，诗人在歌唱，歌唱诗意的大地承载着神州文明与华夏民族的灵魂。

重读《悲惨世界》

世界如此欢乐，悲惨何在？雨果告诉我并让我看到了小说世界里那颗博大而慈悲的文学之心。我怀着这样的一颗心去审视现实世界。这部史诗，是一个人的心灵史，也是人类的心灵史。小说呈现出来的人性与宗教、法律与秩序、革命与暴力、罪与罚、灵魂与救赎、爱与恨、善与恶、民主与专制、苦难与正义、职业与责任，每每让我读不下去。

饱满的孤独

今年4月，去保定出差。在北京机场买到台湾著名作家蒋勋的书《孤独六讲》。这是哲学、美学，也是文学随笔。喜欢，连读三遍。这是2018年的大事。引书签上的一句话："孤独和寂寞不一样。寂寞会发慌，孤独则是饱满的。"2019年，我选择孤独，也考验自己能不能耐得住寂寞。

忘掉写作

阅读与写作是日常乐事。忘掉散文，交给读者。

书评是友情写作，纯属练笔。七篇书评是：

《阅尽沧桑话春秋——读段庆林古体诗〈念珠集〉有感》《工匠精神的诗性呼唤——评邱新荣诗集〈天工诗韵〉》《一个平凡家族的华丽转身——读李培铭纪实文学〈走出大山的平凡人家〉的札记》《陈继明小说创作的心理报告——读〈七步镇〉》《写诗的医生——读孙俪娉诗歌集〈心荷有约〉》《小说是一种说不清的潜藏——读杨军民〈狗叫了

《一夜〉》《小说的呈现——读宋希元小说集〈夜色无味〉札记》。

遇到一个流浪者

那天下班回家，小区门口坐着一个磨刀老人。

我问他磨一把刀多少钱，他说："7元。"我又问："老人家多大年龄了。""70了。"

我回家对妻子说："咱家的刀钝了，外面有一个磨刀的。把刀磨磨吧。"妻子问："多少钱？"我说："7元。"她说："太贵了，不磨。"我说："老人70岁。"妻子说："那就磨吧。"

我拿着刀出来，交老人去磨。老人磨刀，我随便与他聊天。

老人磨刀已经50多年了。老人姓赵，甘肃人，21岁毕业于陇西师范。特殊年代，因家庭成分问题，毕业以后不给分配工作，回家乡接受改造。他就跑了出来，想在外打零工，但零工也不好找，用人单位让他出示家乡公社的证明，他没有。找不到工作，他就置办了一套磨剪子、戗菜刀的工具，开始流浪。他跑遍了西北五省，凡是有人的角落都去，还专门跑那些偏远角落。因为偏远的角落没有人查他的身份证明。后来，成家了，有了孩子，他就落脚宁夏。

我问："那改革开放以后落实政策，你回家乡了吗？"

他低头磨刀，大声说："回了。我领着老婆和娃娃回去了，把他们安顿好以后，我又出来操持我的老行业。"

我问："为什么呢？磨刀能挣上钱吗？"

他说："够自己花费。我已经习惯了这种生活。"

我同情地说："这样多苦啊！"

他用大拇指试试刀刃，抬起头来，说："你年纪小，没有经历过苦难，有些事情你不懂啊。流浪是我的人生，因为在行走中我获得了自由。"

自由？天哪，多么大的"不懂"啊！

我转换了话题。与他聊他的见闻。50多年了，他以流浪为生，见多识广，又没有停止读书，对许多事情持有独特的思考与判断。他选择流浪，热爱流浪，他把自己走成了一个流浪哲学家。

刀磨好了。邻居小王走过来，问价格，我说了。他撇撇嘴，意思是太贵了。我知道小王在工厂，电、钳、车、焊样样会干。他是瞧不起磨刀老人的。如果他听了磨刀人的故事，一定认为他是傻子。

磨刀老人推着自己的电动车要走了。

他唱了一嗓子："磨剪子——戗菜刀——换锅底——"

他的唱腔悠长，苍老的背影渐渐离开了我的视线。

切肉前要磨刀。第二天，我切肉时，翻过来倒过去审视这把刚磨好的刀，突然想起父亲在世时，每当过年都要磨刀……

我又想起三毛那首著名的歌曲《橄榄树》。是啊，为什么流浪？为什么流浪？我似乎今天才听懂了这首歌的内容。

站在司马迁墓前

"高山仰止，景行行止。"去韩城瞻仰司马迁故居是我多年的渴望，今年实现了。司马迁从韩城走来，走出幽暗的历史深处，走进世界文化名人的行列。司马迁的际遇是对人类光辉的守卫，司马迁个人的生命是对人生阴险、险恶的挑战。我不知道来这里瞻仰司马迁墓的游客都想些什么，但我确实想了许多，因为，我早已把司马迁忘了。中学时代，读过司马迁的文章，只是为了应付考试。我活着，不过就是为了个人，而司马迁活着，则在证明历史的真相，说真话，不虚美，不隐恶。不知为什么，站在司马迁墓前，脑海中突然迸发出这样的想法：现在，需要雷锋，更需要司马迁和鲁迅。

寻找释怀，重读《报任安书》。其实，司马迁明白，他是不需要理解的。说真话，不被当世者理解，也有可能不被后世的人理解，甚至有人在嘲笑。历史的吊诡就在这里。苟活与忍辱，司马迁给我们留下一条汩汩流淌的精神血脉，浇铸着中华民族的脊梁。

玩玩自媒体

自媒体改变着我们的生活，拒绝不如主动进入，做个自媒体人。建立自己的微信公众号，名曰"青峰的叩访"，叩访闲暇，叩访诗文，叩访朗诵艺术，叩访心情，自娱自乐。

时代的佐证

《敬礼！1977》是一篇旧作，收入中国文史出版社《我与祖国共命运》一书，纪念"恢复高考40年·我的大学我的生活"。散文记录生活，佐证时代。我为自己的笔触浸润着时代的气息而自豪。

移动的故乡 移动的情

我的散文集《移动的故乡》出版，在当地新华书店举办了朗诵会暨签名售书活动。接着，又在微信朋友圈里展开销售。于是，我在秒看中享受传播的快乐。朋友们的转发引起更多陌生朋友的关注，尤其引起我的发小、同学以及我父亲战友的关注，有人在微信平台"金戈铁马 贺兰雄鹰"转发了我的一篇小散文《玉树来信》，在圈内引起较大反响，我父亲的战友写文章回忆我父亲生前在部队的故事，他们从军嫂妈妈、"谁是最可爱的人"，还有父亲的为人处世、兢兢业业地工作等不同角度升华了我的文章。我写父亲，只是从家庭出发，不知道父亲在部队的情况。写父亲的严厉，不理解父亲，误读父亲。父亲战友的回忆文章，令我动容，让我重新认识了父亲。我需要换个视角，重新写父亲，让父亲活在我的文字中。这是一种检验，散文要入心，要朴实，绝对不能做作，也让我明白，作者要理直气壮地推销自己的作品，让作品走出文学圈子，走进读者的视线。一个写作者，不能只停留在文学圈子里，要让普通读者购买、阅读作品，参与作品的再创造。写作者都有一个经验，送的书几乎很少读，买的书必读。写作花去的心血是看不见的，而转换为特殊的精神产品，体验的是创作的价值。

视力减弱 记忆衰退

今年的大事还有眼睛患上黄斑病变，记忆衰退。医生嘱咐，不看电脑，不看手机，不看书。这等于要了我一半的命。医生说："你要眼睛，还是要工作？"呜呼！

回望与畅想

巍峨的贺兰山。苍茫的石炭井。

今年4月4日，我和亲家公、女儿、女婿一家人去昔日生活过的石炭井。50年前，亲家公在简泉农场务农，每天开着四轮拖拉机给石炭井的国营菜店送新鲜蔬菜。那家蔬菜批发店的旧房子还在，亲家公站在门前回忆着当年送菜的情景，他指着菜店的房子和院落，说在这个地方过秤，在这个地方结账……到了冬天，大白菜堆积如山，每个房间都堆满土豆。那个年代就靠土豆白菜过冬。车卸完了，在一家饭馆吃碗干捞面，再返回简泉农场，每天跑一趟。

那时，我是贺兰山的一个兵。每到周末，和战友们来逛石炭井。比起单调的军营，石炭井是我们心中最热闹的"城市"。

现在，最热闹的"城市"变为空寂的遗址。在石炭井矿务局职工医院旧址前，我们述说往事；在职工俱乐部旧址前，我们回顾老电影；在红旗照相馆门前，我想起与战友分别时的合影；在新华书店门前，我停留了很久，想起一些人和事。女儿催我，我才离开。随后，我们去看了拍摄《焦裕禄》和《山海情》的场地。那天，石炭井街头正在搭建拍摄《万里归途》的场景，工作人员不让拍照，我把手机收起来了，向石炭井居民区深处走去，我想去看看当初的家属院还在不在。

从石炭井回来，心中有一种难言的伤感，不知从何说起。那天的夜晚似乎比平日漫长。"人事有代谢，往来成古今"，随后几天里，脑海中一直萦绕着石炭井忧郁的背影。我的父母已经长眠在贺兰山脚下，我也将会终老在山脚下，化为泥土，与父母合为一体。60出头了，多少有些感怀，就写下一个移民二代的回望与畅想，留下对这块土地的纪念，心中的伤感稍有释然。

煤城记忆

石炭井在贺兰山腹地，曾是石嘴山市的一个区，是石炭井矿务局机关所在地。石嘴山是国家"一五"时期规划的十大煤炭基地之一，为国家经济建设做出了重要贡献。

《当代石嘴山简史》（宁夏人民出版社，2004年10月第1版，第53、54页）记载："20世纪50年代初期，国家先后派出勘探队伍到贺兰山进行地质勘探，普查找煤。1954年至1955年，地质部205队在宁夏贺兰山北段、内蒙古卓子山普查找煤，提交了1：50000的地形地质图和贺兰山北段煤田地质普查报告，首次比较系统地记述了贺兰山北段诸煤田的地质构造、地层、煤层、煤质等情况。同期，煤炭工业部派万鹏同西北煤炭工业管理局高亚才带领勘探小组，对贺兰山北段、黄河两岸的煤田进行实地调查，进一步查明该地区藏有丰富的煤炭资源，质量好、用途广。1955年年底，煤炭部正式决定，建设以石嘴山为中心的由贺兰山北段、黄河两岸的卓子山、老石旦、雀儿沟、司道泉、白云乌素、公乌素、棋盘井、乌达、沙巴台、正谊关、石炭井、呼鲁斯太、汝箕沟等15个矿区组成的西北煤炭基地，以解决包兰铁路、包头钢铁厂、酒泉钢铁厂以及甘肃、宁夏、青海诸省的用煤。"

这就是60年来，我们常说的石嘴山百里矿区形成的时代背景。石嘴山市是"三线建设"时期建立的城市，1960年建市。60年来，来自全国各地的百万建设大军涌进石嘴山、石炭井，天南海北的人们铸造了这座工业移民城市。我和母亲随军来到贺兰山脚下的大武口，为什么叫这么个名字，父亲也解释不清。我与同学们常常去爬山，进山的沟口真多，这个地名可能与山口有关。后来，地理老师说："大武口，明代被称为'打碹口'，指今天的大武口沟，意为'打凿石磨的山口'。"哦，还真让我蒙对了。

我常想，先辈们给后人留下的最好是一本书，而先辈们留下的这座城市就是一部大书。

这部书的名字叫《煤城石嘴山》。60年过去了，这部书依然是我的枕边书，让我魂牵梦绕。

今天，老一辈人还在叫自己亲手建立的城市为"煤城"。在汉唐小区的街道路口竖立着一块牌子，书写着"煤城记忆"，牌子是黑色的，像一块发光的煤炭，字是白色的，像煤炭燃烧后的灰烬……

那个年代的中学生都要去学工、学农、学军。我在大武口洗煤厂准备车间学过一个月工。现在大武口洗煤厂已经改为工业遗址公园，这里立着一块巨型煤炭——"太西乌金"（大峰露天煤矿赠）。太西煤以"三低六高"的特点闻名于世，享有"世界煤王"之美誉。

在宁夏理工学院东门口，也立着一块巨型煤炭，告诉来自全国各地的莘莘学子，这是一座因山而立、因煤而兴的工业城市，讲述着大地上栉风沐雨的故事。

"汉唐"两个字昭示的时空实在久远，我的思维触角够不上，煤城则是近60年发展起来的，与我同龄，我伸手就能触摸我的城市的骨骼。

每个城市走过的脚步都回响着特定时代的声音，留下了特定的文化印记。没有文化底蕴的城市是没有前途的，也是无法拥有美好未来的。

石嘴山是宁夏工业的摇篮。从1952年开始，这里先后探矿、建矿、建厂并大量移民，创造了宁夏工业史上的许多第一，第一吨煤、第一度电、第一炉钢……宁夏的工业从石嘴山起步，并走向繁荣。大武口洗煤厂工业遗址公园记录了宁夏工业的发展历程。"时光走廊"的地面上特制的"铜牌"展示了那些年代、那些人、那些事、那些移民文化的血脉。"铜牌"是城市成长的目录，带领我进入那个时代，倾听来自全国各地的移民的声音。

1951年，203位来自北京的人在贺兰山脚下，开展建设准备，吹响了开发建设大西北的集结号。

1952年，来自中国人民解放军西北农建一师的5000名官兵在平罗西大滩前进农场屯垦戍边。

1956年，12135位来自三门峡水库淹没区的开拓者在石嘴山拓荒安家。

1956年，来自陕西铜川的580人说："我们在石嘴山146煤田勘探地质开采煤矿。"

……

以前，市政府的办公地点在朝阳西街，只有三栋三层办公大楼，所有的机关职能部门都挤在这里。政府后院耸立着两个大烟囱，老百姓戏言这是"煤城"的图腾。的确如是，那个年代，没有燃气，家家户户生火炉，烧煤炭，取暖做饭。市政府后院有两个大锅炉房，为办公大楼供暖。那个年代，单位大多有锅炉房，自行解决供暖，显示着出煤地方的优势。市区内的天空被高大的烟囱占据。自1996年开始，全面整治环境污染，将大武口电厂改为热电厂。烟囱纷纷消失，天，恢复了蓝色，彻底改变了"有风尘沙飞扬，无风乌烟笼罩"的历史。

石嘴山市的地势西高东低，市政府举全市之力，将东部的泄洪洼地治理成湖泊湿地。之后，新区建成，市政府搬迁到新区，意味着煤城新时代的到来。政府门前放置了一个巨大的鼎，鼎后面是一个宽阔的广场，广场后面是浩瀚的星海湖。这个设计告诉世人，这座城市在向"山水园林，尚工逸城"的方向发展。

煤城突围

石嘴山市是西北内陆的一座小城市，坐落在贺兰山东麓北端的洪积扇面银北大地上。

石嘴山市没有西安的大雁塔，没有厦门的海洋风光，没有武汉的白云黄鹤，没有郑州的铁路枢纽位置。大都市有大都市的气派，小城有小城的景象。贺兰山腹地的煤炭储藏量丰富，曾是这座城市的经济靠山。在中国，大同和抚顺有"煤都"之称，而以煤炭资源叫响全国，并被称为"煤城"的唯有石嘴山这座小城。

贺兰山脚下躺着一条南北方向的运煤专线，连接着包兰铁路，把太西煤运往祖国各地。

矿工们在3000米深处开采太阳，故而把自己的城市称为"太阳城"。

然而，再动听的名字也只属于过去，再辉煌的成就终成历史，昔日的煤城必须面对煤炭是不可再生资源这个事实。近十年来，石嘴山从能源城市向生态城市转型，已停止了大规模的开采，关闭了大峰露天等煤矿，只留下了汝箕沟一个采区。随着煤炭开采量的缩减，大武口洗煤厂改为宁夏煤炭工业遗址公园，太西洗煤厂的入洗量也仅供特殊需要。

煤城正在突围。让老工业城市穿上"山水园林"的绿色风衣就是突围的旗帜。树是城市的魂魄，水是城市的心灵，有山有水有绿色，城市才有生机。

清晨，秋风吹拂，湖水荡漾，骑行者的身影倒映在星海湖的波光里。

星海湖广场周围挺立着石嘴山的历史名人雕像。石嘴山唯一的高等学府宁夏理工学院被湖水环绕。大学生用无人机拍摄了城市的全貌，镜头下，城市掩映在一片郁郁翠绿之中。朝阳街可谓十里长街，这道绿色走廊直通贺兰山脚下。当初，石嘴山人边安家边种树，改造脚下的戈壁滩、乱石岗、盐碱地，变不毛之地为绿色家园。前人栽树后人乘凉，贺兰山下绿意无边，石嘴山人的山水情都融进了星海湖的潋滟波光与森林公园的郁郁青翠里。

植树造林最艰巨的工程是水源。工农大渠扬水站把东面黄河水一级一级提升引到山脚下，改造成滴灌。森林公园占地面积约 10000 亩，这里曾是高低起伏的沙丘和乱石滩，除了生长着星星点点的芨芨草和高矮不等的酸枣树之外，是一望无边的荒漠。每逢春天，沙尘暴给城市带来不堪的记忆。

近十年来，石嘴山在城市生态公园建设方面涌现出一批精品工程。老百姓出了小区，抬脚就进了天然氧吧。在汇泽公园里，一位老人站在石碑前，教孙子朗读《礼运大同篇》。在这里，随处可见刻写着古典诗词的石碑立在草坪簇拥着的健康步道旁。音乐爱好者有的在用笛子演奏老歌《花儿为什么这样红》，有的用萨克斯吹奏出《弹起我心爱的土琵琶》，也有小提琴声声入耳，是人人喜爱的《我爱你中国》。自娱自乐的个人才艺表演，有没有观众聆听都无关紧要。落霞满天，音乐弥漫，气氛祥和，夜幕迟迟不愿合拢。岁月如歌，生活的节奏在人们的脚下流淌。

1982 年，父亲从部队转业到石嘴山电力技校做校医，我家从大武口搬到石嘴山，我去石嘴山就多了起来。那时，还没有通城际公交车，回一次家要挤长途汽车，人挨人，真像小说里描写的沙丁鱼，情景历历在目。我曾经多次在黄河大桥下车，沿着黄河往北向石嘴山电厂方向走去，主要是想看看早就听说的"山石突如嘴"地名来历的实景。

站在黄河边的发电厂，沿着河岸倾听黄河的呼吸，仰望观赏"山石突出如嘴"的真实模样，对人文地理有了真切的认知。

黄昏，走进森林公园遛弯的人特别多。在红色的健步道上遇到几个很久没有见面的熟人，聊起近几年的变化。

是啊，变化真大。城市被森林环绕，被湖水滋润。

十年来，城市的草坪逐渐多起来，割草师这个职业就在煤城落户了。城市的高贵不在于楼有多高，而是草坪是否修整得完美。草坪是城市的品质，是城市走向文明的象征。东西方向朝阳大街与南北方向的贺兰山路形成了一个绿色的十字，汇集了海洋般深邃的梦境。这里经历了多少诞生与死亡，经过时间的磨洗，成为戈壁滩上的一座绿色之城。

的确，石嘴山实在太小了，小得像张大的一张嘴，小得像装在口袋里的一本袖珍书，小得只能用"一"来说明：一条步行街、一所高中、一所大学、一家甲级医院。太熟悉小城了，然而熟悉的是小城的过去，骑着自行车一个小时就可以东西南北转完小城。2016 年，城际公交开通，投放的是清一色的新能源公交车。有了公交车，城市的气象顿然"大"起来。坐一个小时的公交车（3 路），从西面的森林公园到东面的宁夏理工学院，再坐一个小时的公交车（1 路），从南面的南沙窝到北面的矿务局农业指挥部，就把石嘴山市府所在地游览完了。

这样看，石嘴山还是小。就是这样一个小城，曾是宁夏的工业摇篮。

1996 年，石嘴山市把生态环境建设作为现代化城市建设的重点工程来抓。这是从资源城市向山水园林城市突围的开始，昔日黑金容光开始卸妆，石嘴山人走上了告别煤城的站台，"山水园林化城市"的故事像刚刚种下的枣树，在春天冒出了翠绿而闪光的嫩芽。

经过十年的奋斗，2006 年 5 月 23 日，水利部命名石嘴山为"全国水土保持生态环境建设示范城市"，后来，石嘴山又被评为"国家园林城市"和"国家森林城市"。用不了多久，高速铁路穿越东面的星海湖，象征着绿色园林生态城市建设进入快车道。

现在，这里景色优美，环境舒适，适宜居住。感怀这座城市的山水情，翘首城市的精神内核，重塑、改造、进化这座老工业城市，创造自己的生态"硅谷"，创造自己的技术"中关村"，创造城市的文化软实力。

十年来，石嘴山市"生态化产业"的创新路径频频登上新闻头条，如：率先探索"以林换能"新模式；公共资源交易平台工业地下水交易在石嘴山市落地；集体经营性建设用地网上挂牌在石嘴山市落地；"千万级"集体经营性建设用地入市竞拍成功；排污权交易落下定音锤。

就业是最大的民生问题。老一辈移民具备一定的技术能力，一辈子在一个单位干一种工作，直至退休。时代不同了，变局、变化、变数已经成为现代人的生活常态，一切都在不确定中发生。"互联网＋"派生出五彩纷呈的青年创业孵化园地。市政府倡导自主创业，给予相应的创业补贴贷款。

在这里长大的移民二代都知道，过去的煤城污染严重，实在没有让人赏心悦目的景色。现在的人文生态公园"中华奇石山"，就是昔日的煤矸石和粉煤灰的堆放之地，是污染煤城的源头，也是治理污染最难啃的骨头。石嘴山人排除万难，化腐朽为神奇，将这里建设成为山水园林城市的特色工程。

这座城市小而精，生活节奏慢，人口少，出行方便，四季分明。近十年，周边城市的老年人纷纷来购房，在这里养老，于是，坊间就有了向养老城市发展的说法。

全社会进入老龄化，建设养老城市也是亮点，有一流的现代化服务、文化公益设施、医疗保障，不是没有这种可能。

天南地北的石嘴山人

　　石嘴山虽是个小城，开放的胸怀却是宽广的，全国各地的人都在这里行走，没有文化偏见，曾被称为西北的"小上海"。"海纳百川，有容乃大"，不分南方，不分北方，相互通婚，做儿女亲家，皆为石嘴山人。经过60年的磨洗，移民城市没有褪色。石嘴山人有"散"的情怀，有"走"的冲动，走动在白山黑水、大江南北、长城内外、巴山川渝、中原大地、湘水楚地之间。这里说的"散"，并非石嘴山人散漫，而是说工人以厂矿为布局分散而居，厂矿与厂矿之间的距离又比较远，比如白芨沟矿、大峰矿、乌兰矿都在深山里。另外，石嘴山人不像农耕社会乡村宗族同姓氏那样抱团，他们虽然也认老乡，但欲望不是那么强烈。白天在工厂里做工，每个人都掌握着一门技能，回家后就是吃喝玩乐，找老乡聊天说话，比较闲散。实际上，石嘴山人的"散"是一种休闲放松。在工厂里有严格的劳动纪律约束。年轻人从走进工厂的第一天起，深知必须兢兢业业学好技术才能保证饭碗不丢掉。

　　石嘴山市是在机器的轰鸣声中建立起来的工业移民城市。在森林公园遛弯的老人们聚在一起，回顾着石嘴山的往事。那个时候，许多工矿企业、医院、学校都是整建制从发达地区搬迁到石嘴山，这里成为知识分子、工程师、技术员的第二故乡，成为集中的文化中心。操作机器、观察显微镜的人区别于手握农具的农民，一起步就有些"现代化"味。在人口质量、知识结构、文化素养等方面都是高起点的城市。

　　在矿区居民点长大的孩子，哪个地方的人多，生活习惯就跟着哪个地方的人走。来自全国各地的知识移民身上弥漫出来的现代化气息散发在这个城市的每个角落，造就了这座新兴的工业城市的文化多元性。知识分子对厂矿家属院居民有着深远的影响，悄悄塑造着城市的品质。

"五里不同风，十里不同俗"，各地移民共同生活在一个新城市，这句老话就失去了原有的约束力，跟着感觉走，入乡随俗就在石嘴山凸显出来了。比如，红白喜事，各地有各自的讲究，同事、邻居、老乡、朋友来往随礼，就能体味出地域文化的不同，但相处的时间久了，一些烦琐不合时宜的习俗慢慢被舍弃，各地移民慢慢包容并改造了一些风俗，求同存异，以和谐、简洁、方便为主，约定俗成，就有了石嘴山的特点。

民以食为天。你来我往，能吃到一起就能生活在一起。移民城市尤其如此。在生产建设的过程中，各地移民文化的融合，首先体现在饮食上。举个例子，在大武口游艺西街有一家"君临面馆"，老板娘的父母都是上海来的支宁青年，而她做一手地道的宁夏风味的蘑菇面。近年来，"大武口凉皮"走出国门，亮相达沃斯年会，给小城带来声誉。石嘴山城市不大，饭馆却不少，有几条很像样子的小吃街。有意思的是，在小吃街的巷道里突然冒出一个书画店，还藏着一家古玩店，但古玩店里古玩很少，开店人守着店铺，守的是一种心境。节假日，餐馆总是爆满。然而，很多家长也会陪着孩子去图书馆，去博物馆，去科技馆，增长见识，拓宽视野。

其实，石嘴山市是与"三线建设"时期许多移民城市一起崛起的，比如，新疆的石河子是军垦之城，四川的攀枝花是钢铁之城、西昌是卫星之城，黑龙江的北大荒是知青之城、大庆是石油之城，深圳和东莞则是改革开放新兴的典型的市场经济移民城市。在新时代，这座小城也能像其他移民城市一样走出一条绿色的发展之路，再次让世人瞩目。

"第二故乡"情怀

近年来，《万里归途》《山海情》《焦裕禄》等影视剧在石炭井拍摄，使这个因煤炭枯竭而沉寂十多年被遗忘的矿区成为网红打卡地，游客慕名而来，被这里独特的风情所吸引。石炭井转化为影视拍摄基地，就看怎么去抓这个历史机遇，做大做强。当年评论家评价张贤亮打造镇北堡西部影城，我们要把这块曾经的"煤炭圣地"铸造成今天的"影视圣地"，给石嘴山人打开一扇窗户。

宁夏煤炭地质展览馆、石嘴山博物馆、石嘴山市科技馆、石嘴山码头遗址、黄河生态石嘴山段的保护及贺兰山军魂纪念馆等文化场馆，收藏着煤城记忆，是这座老工业城市的文化符号和精神遗产。

留住记忆，有了会说话的文化场馆，更重要的是留住人，文化软实力需要跟进。就像当年开发矿山一样，石嘴山敞开胸襟召唤着数据时代的新移民。过去的老移民们是以煤炭资源开发为主的粗放型的劳动大军，现在走来的新移民们则以科技为支撑。科技人才储备空间的不断扩大，将会是城市多元化现代化的发展之路。

我下过乡，看到许多下乡插队的知青返城后创造了财富，又回到当年插队的乡村，为乡村建设出力出资出技术。这是一种"第二故乡"情怀。在石嘴山市，许多移民后代曾经离开了这里，近几年旧地重游、回归故里的越来越多。感情是人与人、人与地方连接的纽带，文化机制是系牢这种感情纽带的扣子，如果我们的城市出台建设"第二故乡"的寻根计划，有好的投资项目，有好的文化机制，将吸引"移民二代""移民三代"回到自己的出生地搞建设。只要有吸引力，当年在石嘴山农垦系统插队的天津、浙江、北京等地的知青们也会回来，为曾抛洒过青春热血的"第二故乡"贡献力量。

是什么力量让一个人、一群人、一代人与城市发展有了关联？是血缘根系，是故乡召唤，是青春在那里奉献，是理想在那里实现，是婚姻在那里建立，以及多元文化的吸引。第一代移民是在国家的号召下来西部搞建设的。时代不同了，人的生存空间在不断变化。多年来，石嘴山一直存在"孔雀东南飞"的人才流失现象。人才要走，寻找的是契机；人才引进，更需要契机。以有磁力的文化机制和优惠政策为导向，是移民后代不离开，吸引硕士、博士来这里实现自己梦想的动力。人是讲感情的。文化认同感就是融入感。

"健康石嘴山"

城市醒了。

城市在早市的吆喝声中醒来了。早市的菜便宜，多数都是周边的农民进城卖自家种的蔬菜。人们还是愿意进早市看看。南沙窝的早市最有吸引力。工薪族在周日必定要进早市逛逛。

早市上，人头攒动，操各地方言的人在这里汇集，吴侬软语，粤语闽音，陕西腔，河南调，似乎大家都在周日来赶早市。

黄昏时刻，人们纷纷走进了公园，在健康步道上鱼贯而行。加速快跑，悠悠漫步，三五人结伴，边走边聊。这个时刻，人的步态与心态是一致的。

早市购买给养，夜市吃喝消费。退休老人在早市和公园里尽情表达晚年生活的幸福感，而中青年则更多在夜市的餐桌上相聚，几瓶啤酒，一盘毛豆花生，几串烤羊肉串，几个羊蹄子，几个好友聊着天，放松一下心情。

城市的山水情需要精神内核做支撑。

十年来，石嘴山探索绿色经济的发展之路，极大地修复了过去黑色工业对生态环境的破坏。在从银川方向进入市区的环湖路南面入口处竖立着一块长条形的落地标语牌，上书"深入推进健康石嘴山建设 为提升健康素养创造支持性环境"。这应该是一个文化昭示。文化机制能否支持人的观念现代化决定城市发展的步伐。标语应该是城市文化建设的信号和未来城市发展的设想。"健康石嘴山"的内涵具备了丰富性："支持性环境"指向投资环境、人文环境以及生态环境。"经济"这个词在新时代有了新的意义，包括知识经济、绿色经济和数据经济。社会的未来属于青年，城市建设要依靠掌握信息科学技术的青年才俊。在互联网时代，建设现代化城市的文化芯片，在于信息的自由链接。互联网、大数据、人工智能、生物工程已经深刻地影响日常生活。即使建设养老城市，也要向信息化的养老城市发展。只有在绿色经济的发展之路上看到美好的绿色社会的形成，"健康石嘴山"的设想才有实现的可能。

跋

散文中的我，是我，非我，是一条鱼，翔于水中，冷暖自知。

我清楚，我伏案写字是对闲暇的叩访。

叩访是一种姿态，是一种寻觅，亦喜亦忧，沉浸其间，乐此不疲。

于是，我安慰自己，只会写一种文体的写作者，算不算作家已经无关紧要了，散文与我的性情是吻合的，适合我对生活的感受和对生命的体验，这就足够了。

散文是一个人的心灵史。我选择用文字呈现自己的心灵世界和生命轨迹。

一味地写下去，我才明白推开往事之门，很不容易。

敲开读者的心扉，更不是一件轻松的活儿。

我是一个木讷的人，不善交际。

于是，我在夜晚寻觅，灯光告诉了我许多。

夜晚与灯光那么善解人意，给予我的回报使我越来越敬畏文学。

我深感庆幸。

感谢生活。